世界見物いたしたく候

松陰と山田顕義

逸見鶴映

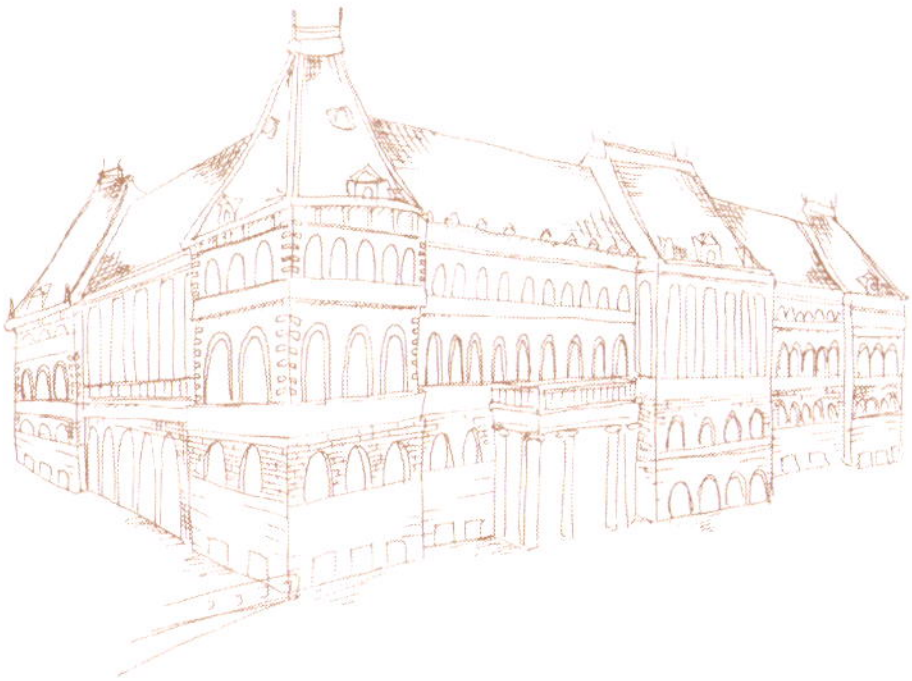

郁朋社

世界見物いたしたく候

一

悪名高き欧化政策の一環として、井上馨《かおる》外務大臣は、壮大な首都改造計画を構想していた。

その大胆な計画によれば、国会議事堂や官庁などを霞が関に集中させ、東京を巴里《パリ》や伯林《ベルリン》に並ぶ華麗なバロック都市に改革しようとするものであった。

ところが、井上が条約改正の交渉に失敗し、外務大臣を辞任すると、木材と土塀でできた東京の街を赤煉瓦と鉄の街に変えるという、この荘厳なる都市計画も一気に頓挫してしまった。

しかし、ベックマンによる設計作業が完了していた司法省と大審院の庁舎建設だけは、堅実な独逸《ドイツ》人なら、砂上にあっても楼閣を建てることができると言わんばかりに、そのまま計画通りに実施される運びとなっていた……。

明治二十四年（一八九一年）六月一日の東京の天候は、早朝より湿気が多く、不快な日であった。

桜田門に建設中の司法省の庁舎に赤煉瓦を積む職人たちは、首にかけた手拭いで汗を拭きながら、恨めしそうに曇った空を眺めていた。

午後なって湿度はさらに高まったが、依然として一粒の雨も降らなかった。

司法大臣の山田顕義《あきよし》は、麹町永楽町の司法省の便所の手洗い場で、入念に石炭酸シャボンの泡を立てていた。昨年大流行したコレラの予防のため、政府は消毒を奨励していたのである。

石炭酸の刺激臭が、便器から発せられる安母尼亜《アンモニア》臭に混じる。山田は丹田深くから息を吐いた。執務室に戻った山田は、薬品臭のするその手を黒羅紗《らしゃ》の文官大礼服に通した。大津事件に対する判決の責任をとって、辞任願を松方首相に提出するためである。

内閣が発足後一ケ月も経っていないこの時期に大臣が辞することは、首相にとって痛手であるが、松方首相も山田の辞表を受け取るしかないだろう。

大審院が「無期徒刑《とけい》」の判決を出した以上、露西亜《ロシア》との関係を考えれば、司法の最高責任者である司法大臣をそのまま留任させておくわけにはいかない。

山田の予想通り、松方からの慰留は無かった。

それが政治の世界というものであろう。山田は、額に流れる汗もそのまま、首相官邸から通いなれた司法省の庁舎に戻った。

「山田大臣」

麹町永楽町の司法省の古い庁舎は、旧松本藩邸の跡にあり、その名残で、正面玄関とは別に小さな通用門があった。山田はその通用門から一人で去ろうとしていた。

しかし、そんな山田の気質を知り尽くしている栗塚秘書官が、背後から呼び止めた。湿気のせいか、五尺八寸の長身の栗塚の左右対称に分けられた真っ直ぐな髪の毛は、針鼠のように撥ねていた。

「ばれてしもうたか。老兵は静かに去りゆくのみと思っておったが……」

そう言いながらも、山田は栗塚の顔を愛おしげに眺めた。

「お世話になりました」

栗塚が深々と頭を下げた。

陸軍少将だった山田が畑違いの司法大輔に就任以来、伊藤内閣における初代司法大臣、山縣内閣、それに続く松方内閣の司法大臣と、山田が司法省に関わる仕事をして、かれこれ十五年に及ぶ年月が経っていた。

その間一貫して、栗塚は山田の右腕として、身を挺して何度も司法省に降りかかってきた火の粉――すなわちそれは、日本における司法制度が確立するための産みの苦しみを意味した――を振り払ってきた。

しかし、今回の火の粉は、あまりに大き過ぎる火の玉であった。

そんな秘書官の無念さを、山田も充分過ぎるくらい分かっていた。

「いや、こちらこそ世話になった。君への挨拶は別の機会にでもと、思っておったのだが……」

元来、山田は社交的な人間ではなかった。極端な人見知りで、恥ずかしがり屋であり、特にこのような別れのための所作を得意とはしていなかった。

「いえいえ、それには及びません……。それより先ほど、役所の前に集まっておりました記者どもを巡査が追い払いましたので、音羽の私邸の方に向かっているかもしれません。お気をつけてください」

栗塚は、どのような事態になっても、自分の上司は眼の前の山田顕義しかいないと言っているようであった。

「わしは、もはや公僕の身ではないのだから、堂々と記者どもにこちらの意見を言うのも悪くはなかろう」

山田は、長く伸びた髭を右手でなぞった。童顔に威厳を持たせるために手入れを怠らなかったカイゼル髭も、今となっては白いものの方が多数を占めるようになっていた。

「辞められたとはいえ、世間は大臣のお言葉に注目しております。大臣ほど私利私欲のない政治家はいないことを、国民は知っておりますから……」

「心配するな。わしはどんなことがあろうと、陛下と日本の国のことを考えておる」

山田は栗塚の肩を二度叩き、その足で通用門に待たせておいた馬車に乗り込んだ。

あと二年で五十歳を迎えようとしている山田の肉体は、華々しい戦歴が語るように、背筋こそはまっすぐと伸びていたが、大津事件に関する連日の激務による疲労と、この蒸し暑さは心底堪えていた。

「長い間、お疲れ様でした。大臣」

眼下の栗塚が、再び深々と腰を曲げた。

「わたしはもう大臣ではない。先ほど辞任願を首相に提出してきたのだ」

山田が、馬車の窓越しに叫んだ。

「いいえ、わたくしも、そして、おそらく司法省の全ての職員も、大臣はいつでも大臣なのだと思っております」

「大臣の職は一身専属の地位にあらず。司法省の職員ともあろうものが、いまだに内閣制度を理解しとらんのか」

「必ず戻ってきてください。遅くとも新庁舎に引っ越すまでには……。わたくしたちには、大臣から教えを請わなければいけないことが、まだまだたくさんあります」

「栗塚よ」

山田は、そのどんぐり眼を細めた。

「はい」

「もう少しチックを塗った方がいいな」

「はっ」

栗塚は、両手で髪の毛を押さえた。

「敗軍の将、兵を語らず」

山田が合図すると、山高帽をかぶった御者は掛け声とともに馬に鞭を入れた。

庁舎の前の石畳の道には、蹄の音が木霊した。

司法大臣としてふさわしい見送られ方ではなかったが、直立で敬礼をする長身の秘書官の姿を眺めながら、車中の山田はこれでよかったのだ、これが今の日本の実力なのだと、自分に言い聞かせていた。

ただ、栗塚が言うように、新庁舎の大臣室の椅子に最初に座るのは自分しかいない。必ず戻ってくると、拳を握りしめていた。

二

露西亜《ロシア》帝国の皇太子であるニコライ二世が、従弟にあたる希臘《ギリシャ》王国の王子と連れ立って長崎に到着したのは、四月二十七日のことであった。

浦塩斯徳《ウラジオストツク》で催される西比利亜《シベリア》鉄道の極東地区の起工式に参列するための日本訪問であり、日露親善が建前ではあったが、何らかの形で日本を威嚇することを目論んでいることは、誰の目にも明らかであった。

関係する省庁では何度も会議を招集し、ぎりぎりまでその対応策に追われていた。

朝鮮半島の権益を巡り、日本と清と露西亜は極度の緊張関係にあり、政府は露西亜の極東戦略の動きを密偵するための武官を送っていたが、皇太子の訪日が決まってからは、露西亜艦隊の動きを知らせる電文の写しが、山田のもとにも連日送られていた。

――世界最強の大艦隊を率いて、露西亜の皇太子が来日する――

新聞も、この異常事態を毎日のように国民に伝えた。

全ての国民が緊張した日々を送っているのが、閣僚たちにも伝わっていた。

国をあげて皇太子の来日を盛大に迎えるためのあらゆる計画が検討され、そこまですることはないだろうと山田は反対したが、皇太子一行が神戸から宿泊地である京都へ向かう途中に、季節外れの五山の送り火までも催すほどであった。


五月十一日、京都に宿泊していた皇太子一行は、早朝より四十挺の人力車で大津を目指した。三井寺、唐崎を観光した後、滋賀県庁で昼食をとり、京都への帰路に、その事件は起こった。

道路脇で警備をしていた滋賀県警察部の津田三蔵巡査が、突然腰のサーベルを抜き、皇太子が乗る人力車を襲い、頭部に切傷を負わせた。

山田に届けられた報告図によれば、皇太子の右のこめかみの斜め上に二本の太い線が描かれ、「骨に達する長さ九センチメートルと七センチメートルの深い傷」と、注釈があった。

幸いなことに皇太子の命に別状はなく、津田巡査は機転を利かせた二人の車夫にその場で取り押さえられた。

「犯人の拘束と事実関係の把握に努めるように」

事件の第一報を聞いた山田は、司法省の職員に事務的な指示を出したが、あまりの衝撃に思考が停止するほどであった。最初に頭に浮かんだのは、報復処置として露西亜艦隊がそのまま日本に攻め込んでくることだった。国際法の常識を考えれば、それは現実的でないにしても、露西亜がこれを理由に、領土割譲や多額の賠償金を要求してくることも充分に想定できた。

簡単な応急処置だけを受けて、皇太子は、京都への帰路を急いだ。同行していた接待役の有栖川威《ありすがわたけ》仁《ひと》親王は事態を重じ、天皇の京都への緊急行幸を要請する電文を送ってきた。

この緊急の電文を受けて、東京では、直ちに緊急の御前会議が招集された。

情報が不正確なところに、出席した閣僚たちの思惑が錯綜し、これといった善後策が見出せないなか、痺れを切らした天皇が、兎にも角にも自らが京都に行くしかないと発言した。

国の体面を気にする反対意見も出たが、この緊急事態に及んでは、その反対意見をそれ以上支持する者もおらず、御前会議の全ての参加者は、ただただ天皇の無事を願って送り出すことにした。

翌日の五月十二日の早朝、取るものも取り敢えず、天皇は汽車で京都へ向かった。

しかし、到着が夜になったために、皇太子の宿舎である京都常磐ホテルへのお見舞いが許されたのは、翌十三日となった。

天皇が自ら見舞いに出向くこと自体、異例のことであったが、この状況においては、それだけでは不充分であった。それほど今回の事件が重大であり、世界における日本の地位に如実に影響をおよぼしていた。天皇は、三人の親王を引き連れて、神戸までの帰路の護衛を自ら引き受けることも即断した。

しかし、無情にも、露西亜政府より、皇太子の横浜・東京への訪問の中止が通告された。

日本政府に、戦慄が雷電のごとく走った。

露西亜が日本に攻めてくるとの噂は、日本国中に広まった。学校は休校となり、神社や寺院でも祈祷が行われた。まるで、全ての国民が恐露病《きょうろびょう》にかかっているようであった。

ここで天皇は、神戸港に繋留している露西亜軍艦に皇太子を見舞うという、文字通り捨て身の行動をとることを決断する。

そのまま拉致されるという危険性が無かったわけではない。侍従は涙を流して天皇の身を案じたが、他の手を考えることができない政府の首脳たちは、この最後の切札の行動に賭けるしかなかった……。

山田を始めとする閣僚は、小国日本の辛酸をいやというほど舐めさせられることになったが、迅速で誠意のある天皇の行動には、甚だ頭が下がるばかりであった。

多くの同志の血を流し、曲がりなりにもやっとここまで辿り着いたのだ。たった一人の妄想的行動で、この国を潰してはいけない。何としてもこの危機は乗り越えなければならないと、山田は心に誓っていた。

三

司法大臣を辞任したばかりの山田顕義を乗せた馬車は、通いなれた麹町永楽町の司法省の庁舎を後にした。

皇居に対して右に進めば、桜田門に建設中の司法省や大審院の新庁舎の前を通ることもできたが、馬車は小気味よい蹄の音と車輪の軋みを響かせながら、左に進んでいった。千鳥ケ淵、竹橋、九段下、飯田橋を通過し、江戸川橋を越えた辺りから緩やかな坂道が始まり、車窓は木々の緑を映すようになった。

文官大礼服の下の木綿のシャツは、山田の体にぴたりと張り付いていたが、濃度を増してきた新緑の輝きが、彼の憂鬱な気持ちをいくらか和ませてくれた。

護国寺へと続く音羽の一帯には、手付かずの深い森が残っており、山田が米欧使節団の一員として訪れた巴里《パリ》郊外のブローニュの森を彷彿させた。

一目でこの地を気に入った山田は、明治二十二年（一八八九年）、ちょうど大日本帝国憲法が発布された年に、この地に仏蘭西《フランス》式の洋館を建造することを決心した。

がむしゃらに欧化政策を進めた井上馨のことを、山田は非難することができない。それは、井上は長州藩からの旧知の先輩であるし、井上の養女を妻にしていることだけが理由ではなかった。この時代に欧米人の実際の生活を見たことがある人間は誰しも、西洋式の建築物に憧れを抱いた。山田もその例に洩れず、こだわり抜いて、自らあれこれと設計に口を挟んだ。落成の折には、明治天皇が皇后や皇太后を伴われてわざわざ行幸されるほどであった。それは山田にとって、生涯忘れることができない望外の喜びとなった。

井上による鹿鳴館外交が失敗に終わり、国の政《まつりごと》が猿まねだけの欧化主義にならないことの自責の念を込めて、山田はこの私邸から役所に出仕する度、巴里で決意したナポレオンへの思いを反芻することにしていた。

米欧使節団は、十二ヶ国という実に多くの国々を訪問したが、その国力といい、文化の程度といい、仏蘭西が頭一つ飛び抜けていた。広い道路、夜道を照らす街灯、土地を有効に使った石造りの高い建物。特に、マロニエやプラタナスの街路樹を配した首都の巴里は、麗都の名を欲しいままにしていた。はじめてシャンゼリゼ通りに立ち、遠くに凱旋門の姿を仰ぎ見た時、山田の脳裏には、旧式の鉄砲と刀と槍であえなく散っていった長州の同志たちの姿が浮かんでいた。

大海を知らなかった井の中の蛙とはいえ、われわれは何度過ちを繰り返してきたことか。

その後の開国主義へと舵を切った方針の正しさを確かめるためにも、そして何より、彼らの死を無駄にしないためにも、世界を知ることに誠心誠意を尽くさなければいけないと身を引き締めた。

仏蘭西は、コルシカ島生まれの天才軍人ナポレオンによってその領土を広めた。しかし、その地に列強国ですら憧れる文化の花が咲き誇るようになったのは、ナポレオン法典という法治国家の礎があったためである。

使節団における山田の任務は、兵部省の理事官として、最新の仏蘭西の陸軍の仕組みを研究することであったので、自然とナポレオンの業績を調べることになったが、山田が至った結論は、いかに軍備が整おうとも、法律が整わなければ、条約改正の折に言い訳を与えてしまうということであった。欧米列強が国際法の知識もない国に裁判権を与えるはずがない。

山田が決定的にナポレオンの生き方に傾倒していったのは、あの偉大な大皇帝もそんなに背丈が大きくなかったという事実を知ったためかもしれない。

実は、西南戦争の戦功によって勲二等を賜った陸軍中将は、小男であった。

松下村塾出身で、十代の頃から尊王攘夷運動に身を投じ、高杉晋作の決起に参戦し、さらには戊辰戦争の勝利に多大な貢献をし、西郷隆盛から戦の天才とまで評された偉大な軍人は、背丈が百五十センチメートルに満たない小男であった。

山田は自分の身体に劣等感を持っていたが、ある時から、その劣等感があったからこそ、勇気と丹力が備わったのだと、天から与えられたこの試練を受け容れることにしていた。ナポレオンの背丈も小さかったことを知り、この文武両道の英雄に対して、運命的なものを感じるようになっていった。

――兵は凶器なり――

米欧使節団から帰国した山田は、政府に上申書を提出する。
闇雲《やみくも》な軍備増強に反対し、山縣有朋が施行した徴兵令の延期を求めた。兵部省からの随行員がこのような上申書を提出することは、職務に対して完全に矛盾する行為であった。

――軍とは何のためにあるか。帝室を守衛し人民を安全にするためである。しかし他にも、国には法があり律があり、教育の道がある――

松下村塾の先輩である木戸孝允からの助言もあり、帰国後の山田は政敵であった山縣との対立を避け、その軸足を軍隊から次第に法律の世界へと移していった。

四

長身・直毛の栗塚秘書官が言う通り、音羽の私邸の前には、夥しい数の新聞記者が集まっていた。

「司法大臣を辞められたのは、本当ですか？」

「津田巡査は、死刑にならないのですか？」

「青木外務大臣の辞任の理由は何ですか？」

「西郷内務大臣は、本当に辞めたのですか？」

山田の乗る馬車が私邸の前面に到着すると、記者たちはその馬車を取り囲むように質問を浴びせた。

暑さと湿気のために、彼らの額からは汗がしたたり落ち、なかでも白絣《かすり》を着た若い記者は、雨にでも会ったように、その肉体が着物からそのまま透けて見えていた。

「ほらほら、危ないから、そっちに行って」

「いいか、ここからは私有地になるから、入らぬように」

私邸の警備を担当していた二人の警官《ポリス》が、記者の集団を分断し、山田の乗った馬車だけをうまく敷地の中に入れてくれた。

「あの者たちをどのようにいたしましょうか？　大臣」

山田にも劣らぬ立派なカイゼル髭をたくわえた警官が、言った。

「わしは、本日をもって司法大臣を辞めた。君たちはもうこの家を警備する必要もなくなったわけだ。長い間、ご苦労であった」

「……お言葉ではありますが、あの者たちをこのままにして、我々はここを去るわけにはいきません」

警官の顔も汗だくであり、黒い制服に染みついた汗の臭いが、山田にまで伝わってきた。

「それより、龍子をここに呼んできてはくれぬか？」

山田が言った。

「承知いたしました」

上司と思われる瘦せた警官が、太ったもう一人の警官に目で合図すると、命令を受けたその警官は、回れ右をして白砂利を踏みしめて屋敷の車寄せの方へ走っていった。

しかし、明らかに息が切れて、足が空回りをしているのが分かった。厚手の生地でできた洋式の警官の制服は、日本のこの季節には無理があった。

「旦那様、どうなされましたけぇ」

屋敷から小走りで現れた妻の龍子は、薄藍緑地の縮緬の着物に、濃い藍色の博多帯を締めており、夏の装いを先取りしていた。

欧米の慣例にならい、役所の全ての正装が黒色に統一するようになって東京じゅうが季節を失いつつある中で、龍子だけが四季の移ろいを楽しんでいるようであった。

「すまんが、今からあの者たちを屋敷に入れて、会見を行うつもりだ」

冷静に考えれば、ここで記者を相手にすることは得策ではないかもしれない。しかし、山田は自分の想いをこの機会に伝えなければいけないと思った。

違う言い方をすれば、この辞任劇は、紛れもなく記者たちが作り出した世論によるものであり、新聞という単なる紙きれが、山田をそれほど苦しめたということである。

その目に見えない敵をこの場で叩いておかなければ、政界への復帰はない。栗塚が言うまでもなく、新庁舎の大臣の椅子に座るのは、自分を差し置いて誰もいないのだ。

ただ、この日の異常な気候が、いつも冷静な彼の判断を少なからず狂わしていたことは確かであった。

「お言葉ですが……、あの者たちを本当に屋敷に入れるのでしょうか？」

痩せた方の警官が、顔をしかめて言った。

「応接室に屋敷中の椅子を並べれば、何とかなりますでしょう」

警官の心配をよそに、妻の龍子は余裕の表情であった。

口紅の下からこぼれた白い歯が、鶉革模様の縮緬の着物に映えた。

龍子は井上馨の養女という形をとっていたが、実際のところは、湯田温泉の老舗旅館である瓦屋の主人である鹿島屋喜右衛門の長女であったので、このような客あしらいを得意としていた。

山田は、十四才で松下村塾に入塾以来、どちらかと言えば真面目一徹で、そのために時として他者を退け、自らも塞ぎこむことも多かった。

その自省の念もあってか、朗らかで、かいがいしく旅館の手伝いをする龍子に密かに心を寄せていた。念願かなって結婚できたのは、明治維新が一段落した明治三年のことである。


「旦那様、お酒の用意などはえーですか」

それは、龍子らしい配慮の言葉であった。

門前の殺気だった集団は、今まさにときの声をあげようとしている。

「いんや、酒はよくなかろう。しかし、この蒸し暑さだ。何か冷たいものを出してくれ」

「そんなら、いいものがありますけぇ」

龍子は、笑顔で拳を叩いた。

五

白い板でサイディングがされたコロニアル調の洋館は、山田の趣味によって、わざと左右対象とはせず、建物の右端だけに高い四角垂の塔がつけられている。

坂の下からも、木々の緑の中にその白い塔がそびえ立っているのがはっきりと見えていた。

会見を許された記者たちは、書生の誘導に従って一列となり、玄関前のベランダで記帳をさせられた。

記帳をさせることを指示したのは、龍子であった。宿泊帳に自分の住所と氏名を書くだけで、宿泊客がそれなりに規律を守るということを、彼女は知っていたのだ。

芳名帳によれば、自由、都、郵便報知、朝野、日本、東京日日、改進、国会、中央、国民、やまと、千鉄、毎日、時事新報、東京朝日、読売、絵入自由新聞、万朝報……の新聞社の名前が並び、さしずめ自由民権運動に合わせてできた東京の新聞社のほとんどが、この音羽の地に一堂に会する状況となっていた。

山田は書斎のドアを少し開け、記者たちの様子をつぶさに観察していた。

まずは敵を見る。この行動は軍人であった山田の本能のようなものであったが、これは恩人である大村益次郎から学んだものであった。

いったい、この差は何だろう？

明治維新後、東京の町には文明開化の香りを伝える品物や文化で満ち溢れていたし、新聞記者という職業は啓蒙された知的職業のはずである。

しかし、驚くことに、彼らのほとんどは襤褸《ぼろ》の和服を着ており、書生の誘導に従って廊下を歩くその姿は、借りてきた猫のようにおどおどとしていた。どの記者も、鈍く輝く真鍮の手摺やドアノブを、まるでこの世にないものを見るように、驚きを隠さずじっと眺めている。

設計を担当した渡辺譲が最もこだわった螺旋《らせん》階段を上ると、外開きの鎧戸がつけられた丈の高い仏蘭西窓が見える。応接間の全面に広がる硝子戸を前にして、彼らの威勢は完全に萎えるに違いない。

自分だって、ついこないだまで丁髷を結い、時代遅れの刀を振り回していた長州の田舎侍であった。たまたま最年少で入塾させられた松下村塾での人脈のおかげで、維新期に軍人として活躍することができた。そして軍隊研究のための米欧視察で、法制度整備の重要性を知らされ、気がつけば、初代の司法大臣になっていた。全ては偶然の賜物である。どこかで一歩間違えていれば、自分もあちらの立場になっていたかもしれない……。

山田は、この瞬間にも、奇異とも言える自分の半生を振り返っていた。

応接室に置かれていた肘掛椅子は十脚しかなかったが、書斎から肘掛のないラック塗りの小椅子を、また、寝室から低めの安楽椅子を、龍子の指示によって、女中たちは屋敷中の椅子を応接室に集めた。

しかし、それだけでは数が足りないと分かると、婦人用の蜻蛉《かげろう》の蒔絵入りの竹製の椅子や桜花模様の蒔絵が入った木製の小椅子までもが、レンガ造りのマントルピースの前に並べられた。

全てのものが洋式であるこの屋敷において、椅子だけが日本製だった。どの椅子も細部において装飾が施され、日本の職人たちの誇りと技術の高さを示していた。白い漆喰《しっくい》の壁で囲まれた長方形の応接室は、さしずめ、殖産興業宜しく、外貨獲得のために企画された日本製工芸品の展示場のようであった。

記者たちが椅子に腰を下せば、天井の押し出し模様が目に入ってくるだろう。この可憐で大胆な模様は、鉄板の上に白色の塗装をしたものである。

現在の日本には、これほど大型の鉄板は存在しないし、また、鉄板にこのような模様を細工する技術もなかったが、この襤褸《ぼろ》を纏《まと》った記者の中で、鉄板を輸入するだけではなく、天井の細工に至るまで山田が外国に発注していることに気付く者はいないだろう。

外国人を接待するために作られた山田邸は、その本来の目的で活躍することは無かったが、外国に行ったことがない新聞記者たちの度肝を抜かせるには充分な効果があったかもしれない。

多少のふっかけをもって敵を欺くのは、松下村塾の先輩であった高杉晋作が好んで行った戦法である。

「お暑いなか、御苦労様です」

山田は役所から帰ってきたままの黒い大礼服で、私邸にしては広過ぎる応接室の前面に立った。

応接室を支配していた騒音と扇子の波は、一瞬にして止まった。

「皆様が言われるように、本日、山田顕義は、松方首相に司法大臣の辞任願を提出してまいりました」

栗塚秘書官ほど極端ではなかったが、山田は記者たちに深々とお辞儀をした。

「西郷内務大臣は、どうして辞任したのですか？」

朝野新聞の記者だと名乗る白絣の記者が、いきなり質問を浴びせた。

「これこれ、少し待たれ。まずはお礼を言わねばなるまい」

最前列の中央に座った濃紺の紋付袴の初老の男がおもむろに立ち上がり、この若い記者の言葉を遮った。

髪の毛のない頭には段ができており、それが西日が輝き、不気味な迫力を醸し出していた。

「山田伯爵におかれましては、蒸し暑い気候にもかかわらず、また、わしらのような無骨な者たちを、このような立派なお屋敷にお招きいただき、誠に恐悦至極なことでございまする。先ほど若い者が、西郷内務大臣のことを聞きましたが、わしらは皆で相談して、内務大臣のところではなく、山田伯爵のお話を伺おうと、こちらにやって参りました。わしらと伯爵は立場が違いますが、天皇陛下や日本国を思う気持ちは同じであると信じております。本日は、山田伯爵と腹を割った話ができればと、切に願っておる次第でございまする」

男の演説が終わると、拍手が起こった。

しかし、その男はどこの新聞社の者なのか、ついぞ名乗りはしなかった。

山田は新聞記者を規制する立場にあったので、このように記者を一堂に集めて会見する経験がなかったが、この二段頭の男の演説は、不安な気持ちにさせるには充分な効果があった。

我先に特種《とくだね》を争っている新聞記者とはいえ、同業者なりの掟があるのかもしれない。山田は、あらかじめ用意していた戦場の地図が、実際の地形とは違うことに気付いた心持ちになっていた。


「わたくしも、そのように望んでおります」

とりあえず、山田はそう応えた。

「改めて質問させていただきます。西郷内務大臣や青木外務大臣の辞任の理由は何でしょうか？」

多少芝居がかってはいたが、先ほどの朝野新聞の記者が、多少丁寧な言葉で同じ質問を繰り返した。

「わたくしは、わたくしの信念に基づいて、辞表を提出したのであって、今回の問題に対して、西郷大臣や青木大臣がどのように考えられ、また、御自身の進退をどのようになさったのかに関しましては、与かり知らぬところであります」

津田巡査を極刑とすべく工作を首相から託されていた西郷内務大臣と露西亜公使に極刑を密約していた青木外務大臣が、既に辞任願を提出していることを、もちろん、山田は知っていた。

「それなら、質問を御自身のことに絞りますが、辞表を提出するにあたり、同じ長州藩出身の伊藤博文枢密院議長には相談しましたか？」

灰色の着流しの記者が聞いた。

この記者も、どこの新聞社なのか名乗らなかった。服装といい、扇子を仰ぐそのふてぶてしい態度といい、山田の神経を逆なでさせた。

「いいえ、先ほども言いましたが、このたびのわたくしの進退に関しては、わたくし一人の判断で決めさせてもらいました」

「相談しようにも、伊藤議長は遊郭にいて、相談できなかったのではないですか？」

この一言で、会場が割れるような笑いが起こった。

伊藤の遊郭好きは有名で、先日も天皇陛下から注意を受けたと新聞の記事になったほどである。

「これこれ、伯爵様はわしらのためにわざわざ時間をとってくださっているのだ。そういう発言は慎まれよ」

先ほどの二段頭の男が、両手を拡げて、一堂のざわめきを制した。

山田は、戦局が次第に敵側に移行していることに焦りを感じた。

「西郷内務大臣、青木外務大臣のみならず、伊藤内閣の時から司法大臣を留任なさっておられる山田大臣までも辞任なさるとなると、わたしたち、いや、ほとんどの国民は、もう松方内閣は限界なのでは、と心配しておりますが……」

時事新報の記者の見通しは、あまりにも的を射ていたので、山田は言葉に詰まった。

そもそも松方は、国民に不人気な政治家であった。

第三代内閣総理大臣であった山縣有朋は、提出した軍事増強予算が議会で承認されると、議会運営の疲れから辞意を表明し、伊藤の再任を願った。

しかし、伊藤は薩・長の政権の持ち回りをよしと考えてこれを固辞した。伊藤の上奏を受けた明治天皇が大命を下したのが、薩摩出身ではあるものの、意外なことに大蔵大臣を務めていた松方正義であった。

松方が元来得意とする分野は財政であり、特に西南戦争の戦費調達においては、紙幣乱発によるインフレを解消するための緊縮財政策を実施し、国の財政は立ち直った。

しかし、この緊縮政策により、農産物価格が下落し、折からの自由民権運動による政府非難の流れに後押しされる形で、全国で急進派による反政府の蜂起を招いてしまった。

大命が下された松方は、全閣僚の留任と、山縣・伊藤の全面協力を条件に首相就任を承諾したが、このような後ろ盾を頼りにする松方内閣は、組閣当初から「黒幕内閣」や「緞帳《どんちょう》内閣」と揶揄されていた。

「このたびの件においては、わたくしは、松方首相が実に立派な対応をなさったと思っております。たとえ何人かの閣僚が辞めても、首相はこれからも日本国のために、全力を尽くされることでしょう」

山田は、自分でもその言葉に全くの説得力がないことを感じていた。

目の前の記者たちの反応を見ても、扇子の波が大きくなるばかりで、誰も山田の言葉を信じていなかった。

一瞬考えて、山田は、ここで反撃に出ることを決心した。

「……わたくしは全ての新聞に目を通しているわけではないが、ほとんどの新聞は、大津での事件が起こった時、日本の危機とばかりに、津田巡査の極刑を主張しておられた。しかし、露西亜がすぐに攻めてこないことが分かると、今度は『司法の独立性を守れ』と、正反対の主張を始められた。いったいどちらが正解だったのだろうか。法治国家においては自由な言論は守られるべきだと思うが、政治家というものは、国の、国民の命運を任せられているということを、何卒、理解していただきたい。皆さんを批判するわけではないが、国の政治を任された者は、一つの局面のみを見て、決断を下すことはできないのです。わたくしは、伊藤議長を尊敬しております。それは、同じ長州の先輩だからというわけではありません。伊藤議長ほど、多角的に物事を見て、適切な政治判断ができる人物がこの国にはいないからです……」

こう話してみて、山田はこのことを言いたいがために、この会見を開いたのだと確信した。

山田は伊藤のことを昔から知ってはいたが、正直なところ、そんなに尊敬しているわけではなかった。

大日本帝国憲法の草案の策定においては、司法権の独立を主張する山田に対して、司法権の独立は天皇の支配権を侵すものとして、意見が激しく対立したが、それはお互いの信念を貫いた結果であるので仕方ないことと理解はできた。しかし、遊郭好きなのは勿論のこと、彼の職階が上がれば上がるほど、やり口が派手で、功名心がどこまでも強くなり、特に使節団として米欧に同行した頃から、その言動に疑問を持つようになっていた。

亜米利加《アメリカ》政府との条約改正の交渉を岩倉や大久保に捲し立てたことは、軽挙妄動と言わざるをえないし、大久保という後ろ盾を得ると、山田の最も尊敬する木戸を何度も蔑ろにしてきたことは、我慢できなかった。しかも、確信は持てないが、使節団による訪米中に起きたある事件のことで、山田は伊藤のことを疑い続けていた。

しかし、今回の件では、先ほどの発言通り、伊藤の政治家としての平衡感覚と、司法権の独立を憲法上認めなかった先見性を認めざるをえなかった。今の日本においては、伊藤を盛り立てるしかない。戊辰戦争や西南戦争の時のように、再び日本の国を二分させることはできないのだ。

「それでは、山田伯爵は、児島大審院院長の判断に反対なのですか。わたしの理解では、あなたほど司法の独立を訴えてきた人はいなかったと思うのですが……」

着流しの記者が、再び口を聞いた。

「大審院院長という立場からすれば、児島院長は立派な判断をなされたと思います。しかし、……」

山田は、再び言葉を詰まらせた。

この失礼な記者が言う通り、軍人を辞めた山田が一貫して主張してきたことは、日本における司法の充実と独立であった。

徳川幕府が調印した不平等条約を改正させるためには、軍備を増強することではなく、また、義父の井上には申し訳ないが、猿まねだけの欧化政策ではむしろ逆効果である。

日本にも欧米並みの法律があることを認識させることの方が重要であり、欧米で採用されている基本思想である三権分立の建前から、司法権の独立は当たり前過ぎるぐらいの必要条件であった。

しかし、松方内閣発足後一週間で起こったこの事件は、そんな杓子定規な主張が通用しない、国家の命運を左右する大事件であった。現在の日本の軍事力を考えると、露西亜に軍事的に対抗する力など到底持っていないし、賠償金や領土の割譲を要求されてもおかしくはなかった。

山田はこの事件によって、小国日本の辛酸を舐めさせられたばかりか、法律というものの限界を思い知らされた。

六

事件直後に召集された重臣閣僚会議は、混沌を極めた。

山田は、あの殺気だった異常な空気が漂う会議を思い出していた。

「津田を、即刻、死刑にすべきだ」

松方首相によるこの発言で、会議は始まった。

「現行の刑法百十六条、すなわち、大逆罪は、日本の皇族に対してのみ適用されるものであって、外国の皇族に対する犯罪は想定されておらず、外国の皇族であれ、法律上は民間人と全く同じ扱いにせざるをえません……。要するに、露西亜の皇太子であれ、怪我をさせただけでは、死刑を宣告するのは不可能です」

松方が目をむいて睨みつけているのを知りながら、担当大臣である山田は秘書官が用意した書面を読み上げる振りをしながら、説明を続けた。

「そんな講釈はどうでもいい。一刻も早く暗殺者を差し向け、津田を拳銃で射殺したらどうだ」

後藤象二郎逓信大臣が、そう発言すると、

「そうするしかなかろう」

と、陸奥宗光農商務大臣も、この意見に同調した。

「そんなことが許されるはずがありません。仮にも……」

山田は机を叩きながら、猛然と異を唱えた。

「それ以上の策があるのなら教えてほしいものだよ、司法大臣」

後藤は、冷ややかに言い放った。

常軌を逸した二人の大臣は、意見を変えようとはしなかった。

「いい加減にせんか。日本は法治国家であるぞ」

伊藤の雷のような叱責により、この議論が収まった。

しかし、顔面蒼白の松方は、首相としての考えを変えようとはしなかった。

「国家あっての法律である。国を守るための法律が、国を滅ぼすことになりかねない」

この一言により、議論は振り出しに戻った。

さらに会議の途中から、青木外相が露西亜公使に対し、皇室罪を適用することを密約していることが明らかとなり、一層の混迷を深めた……。

結局のところ、重臣閣僚会議が出した方針は、現行の刑法百十六条を拡大解釈して皇室罪を適用させることであった。

法の番人である山田がこの超法規的対応に賛成できるはずはなかったが、今の重大局面を考えると、松方の「国を守るための法律が、国を滅ぼすことになりかねない」という言葉には、反論することができず、渋々と賛成せざるをえなかった。

「極刑に反対する意見がある場合には、戒厳令を発してでも断行する」

伊藤の発言によって、会議は締めくくられた。

伊藤の主張は、最初から最後までぶれなかった。

そして、彼が後藤や陸奥の主張した暗殺案を叱責したことで、山田が伊藤に対して永年抱いていた疑惑が、単なる思い違いであったと安堵した。


事件が起こった当初は、「津田を死刑にすべし」と、新聞各紙も書き立てていた。

しかし、突然、十五日に大阪毎日新聞が「津田に死刑は適用できない」という記事を載せた。刑法百十六条は外国人に適用できないし、津田に精神疾患があるので、なおのこと死刑にはできないという主張であった。

この記事に怒った西郷内務大臣は、翌日すぐさま外交記事の検閲法を施行し、大阪毎日新聞を発行停止にしたが、この記事の後、他の新聞も手のひらを返して「法律を曲げて津田を死刑にしようとしている」と、政府の姿勢を糾弾し始めた。

大審院院長の児島惟謙《これかた》も「刑法に外国皇族に関する規定はない」と、政府の圧力に反発した。

松方は、事件を所轄する裁判官に対し刑法百十六条に規定される大逆罪による死刑の規定を類推適用することを働きかけるため、西郷と山田に大津に行くように命令した。

――法律を曲ぐるの端を開かば、忽ち国家の威信を失墜し、時運の推移は国勢の衰耗を来たし、締盟列国は益軽蔑侮慢の念を増長し……――

児島が提出した意見書を読みながら、山田は純粋に法律論だけで意見が言える児島のことが羨ましかった。

児島が言うように、法律をねじ曲げてでも津田に死刑を宣言するのは、法治国家のやることではない。しかし、「国を守るための法律が、国を滅ぼすことになりかねない」のも事実である。

児島を説得に行った山田は、ここは裁判官のやりたいようにさせるしかないと腹をくくった。裁判官は法律を守り、政治家である司法大臣は法律によって引き起こされる国の問題に責任をとる。この全くもって男らしくない、妥協だけの方法論を甘んじてとるしかないと心に決めていた。

この対処方法を示唆してくれたのは、他ならぬ伊藤であった。

「若い芸妓になじみを変えると、古い芸妓は怒る。当然のことだ。そんな時、わしは死んだふりをするのよ」

山田は、久し振りに伊藤から呼び出された。彼が面談場所として指定してきた場所は、伊藤が行きつけの新橋の遊郭であった。

「わしは芸者遊びが大好きではあるが、地方に行った時は、その土地土地の一流の芸者は指名せん。

一流の芸者は、地元の有力者が後ろ盾についておる。そういう人たちと揉め事を起こしては何の得もせん……。だから、二流、三流の芸者を指名することにしておるのじゃ」

法律を守らなければいけないとする山田の考えは、外交という違う土地では通用しない。伊藤は、山田に「死んだふりをしろ」と言っているようであった。しかし、伊藤の発言を聞くにつけ、この国の舵はこの男が取るしかないのだと、山田も痛感した。


事件から十六日後の五月二十七日、予想通り、大審院は、刑法二百九十二条（一般人に対する謀殺未遂罪）を適用して、津田に無期徒刑の判決を下した。

露西亜公使は、津田の無期徒刑が決定したことを知ると、「いかなる事態になるか分からない」との脅し文句を残したが、結果的には賠償要求も武力報復も行われなかった。

反対に、露西亜政府は、天皇を始めとする日本の迅速な処置や謝罪に対して寛容な態度を示してきた。

この事件は海外でも大きく報じられ、日本の司法権に対する信頼を国際的に高める結果となった。

山田の憤懣やるかたない気持ちは、この外務省による報告書が宥めてくれたが、伊藤との打ち合わせの通り、事態を最終的に収めるためにも、司法大臣の辞任は不可避であった。

「畠山勇子の死が、露西亜政府の態度を軟化させたと聞いていますが？」

山田邸の応接室では、容赦のない記者からの質問が続いていた。

「彼女の行動が影響を与えたことは事実だと思いますが、わたくしは、露西亜政府の対応の軟化は、天皇陛下及び首相による迅速な処置と誠実な謝罪が通じたのだと思っております」

良くも悪くも、畠山勇子という女傑は、ただでさえ複雑なこの事件をより複雑にさせた。

五月二十日の午後七時過ぎ、両足を手拭で括り、咽喉と胸部を剃刀で深く切った婦人が京都府庁前で発見された。

すぐに病院に運ばれて治療が施されたが、出血多量で絶命する。

畠山勇子、享年二十七。傍らには、「露国御官吏様」、「日本政府様」、「政府御中様」と書かれた三通の嘆願書が置かれていた。

調査の結果、彼女は、皇太子が日本を立ち去ったことを知り、奉公先の魚問屋を辞め、伯父の榎本六兵衛に会いに行っていたことが判明した。

「これでは、天皇陛下の面目が立たない」と、涙ながらに訴える彼女に、「一介の女性が国家の大事を案じても、どうなるものでもあるまい」と、榎本は彼女の考えを諫めたと証言している。

しかし、思い詰めた彼女は、京都へ旅立った……。

新聞各紙は、その壮絶な死を「烈女勇子」と称賛した。

多くの国民も彼女の行動に同情したが、山田を始めとする閣僚たちは、法治国家において、このような一般市民の異様な行動をよしとせず、むしろ、弱腰の政府の対応への非難と捉えられるのを恐れた。

「山田伯爵は、彼女の死が無駄であったとおっしゃるのですか？」

「そうとは言っておりません。ただ、法治国家を目指す日本において、あのような市民の死が続くことを、政府としては放っておくことはできなかったということです」

苦しい答弁が続くなか、応接室の片隅には、心配そうに成り行きを見つめる龍子の顔があった。孤軍奮闘の山田にとっては、これほど心強いものはなかった。

「伯爵もかつては勤王の志士として、自らの命を賭して戦ってきたのではないですか？」

着流しの記者が、再び挑発するように言った。

確かに、かつての自分の考えからすれば、畠山勇子の行動は称賛されるものだったかもしれない。しかし、欧米諸国から見れば、彼女の行動は、未開の国における異常で野蛮な行動としか映らないだろう。法治国家を目指す政府としては、あのような行動を賞賛できるはずがなかった。

「それでもあなたは勤王の志士ですか？　亡くなった吉田松陰先生が知ったら、さぞ、嘆かれることですよ」

興奮した着流しの記者は、持っていた扇子の先で山田の顔面を指した。

山田は記者を睨み返したが、「亡くなった吉田松陰先生」という言葉に自制心を失いかけていた。

その時だった。

「皆さん、よーおいでました。お話の途中でお邪魔しますが、これでも飲んで一息おつきにくださいませ。さあさあ」

声の主は、龍子であった。

彼女の指示で、女中たちが硝子のコップに入った三ツ矢平野水を、記者たちに配った。

「皆さんがいらっしゃってから井戸に入れましたもんで、まだよー冷えておらんと思いますが……。こんな蒸し暑か日に、飲み物の一つも出さないと、山田家の恥となりますからね」

龍子は旅館を切り盛りする女将のように、白熱してきた客人たちの緊張を和らげた。

明治政府は、外国要人に提供する良質な水を探すため、日本全国で水質調査を行っていた。英吉利《イギリス》人理学者のガランが平野鉱泉を理想的な鉱泉と認定し、当地に御料工場が建設された。その後、工場は三菱に払い下げられ、明治屋が「三ツ矢平野水」として発売していた。

「いやね、本当はお酒でも出しますけぇーって、旦那様に申し上げたんですがね。それはいかんと怒られましたのよ」

誰に話しかけるでもなかったが、龍子は、右の手首を折る仕草をしてみせた。

この清涼水が、山田邸に詰めかけた全ての記者の溜飲を下ろしたとは言えなかったが、龍子が分け入った時機は絶妙であった。

その証拠に、畠山勇子に関する質問は、口の中で弾ける炭酸の泡とともに消え、次の質問に移った。

「結局のところ、津田巡査が犯行に至った動機は、何だったのでしょうか？」

「これは皆さんの報道にも責任があると思うのですが……、津田は今回の皇太子の来日が日本を占領するための偵察だと信じていたようです。皇太子の随行員二人が、車夫にいろいろと指示を出しているのを見て、日本の地理を調査しているに違いないと思い込み、実行を決意したと自供しております」

山田は、裁判で使用された資料を思い出しながら、質問に答えた。

「津田巡査が、西郷さん、西郷隆盛が生きていて、露西亜皇太子と一緒に日本に戻ってくるという噂を信じていたというのは、本当なのでしょうか？」

質問をした東京日日新聞の記者は、西郷隆盛と西南戦争において袂を分けた実の弟である西郷従道《つぐみち》内務大臣とを区別するために、途中で西郷の名前を言い直した。

「だいたい、そんな根も葉もない噂を流したのも、あなた方ではないですか」

山田は、憮然と言い放った。

西郷さんの死は、政府軍が無数の戦死者の中から首のない肥満の屍体を発見し、右腕にある古い刀傷から彼に違いないと判断したに過ぎない。その後、その付近から首が発見されたことから正式に西郷さんの死を確認したとも言われるが、そもそも、彼は写真に写るのが嫌いだったため、現地で誰も西郷さんの顔を知る者はいなかった。

西郷さんが死んだと決めているのは、その後の歴史の流れであり、物理的な証拠は何一つ残っていない。もちろん、そんなことをこの場で語ってはいけないことぐらいの冷静さは山田に残っていた。

西南戦争を指揮した西郷隆盛は、明治十年（一八七七年）九月二十四日、籠城中の城山で自刃したということになっている。しかし、庶民に人気があった西郷の劣勢が伝えられるたび、「死んだ西郷は赤い星になって戻ってくる」と、噂されていた。

当時、火星が地球に最接近しており、天球には真っ赤な星が輝いていたのが影響していたと考えられる。

西郷星の伝説は関西から始まり、多くの新聞記事によって、日本中に広がった。

実際、山田も、赤と黒の鮮かな色使いで、空にかかる星の中心に西郷さんがいる錦絵を見たことがあった。

光り輝く星に西郷が生きていると信じる国民は、少なくない。

朝鮮や印度に逃亡したという噂もあったが、その噂話は、明治二十四年に一挙に信憑性をもって語られるようになった。その背景には、明治二十二年に徳川家康江戸入府三百年祭が行われ、回顧意識が高まり、さらに、米価高騰による米騒動が起き、政府に対する反感が大きくなっていた。そこに、露西亜皇太子来日の知らせが入り、西郷が露西亜で生きていて、皇太子と一緒に鹿児島に戻ってくるという話が、まことしやかに広まった。

「西郷が生きていたら」という庶民の希望が、いつのまにか「西郷は生きている」という事実として、一人歩きしてしまったのである。

そして、津田巡査も、それをあたかも事実のように受け止めてしまった。

「津田は、名古屋で陸軍に入り、西南戦争に従軍していた。左手に怪我をしたことで勲七等を受章しており、あの西郷さんが戻ってくれば、自分の勲章がどうなってしまうのかと悩んでいたようです。また、津田にとって運が悪いことは、憲法が施行され、西郷さんの名誉回復がされたことでした。つまり、自分の軍功の意義がなくなると心配していたのです。最初に警備した三井寺では、偶然にも西南戦争記念碑の前が担当場所となり、過去を思い出しているなか、遠くでは皇太子を歓迎する花火が打ち上がり、それがまるで大砲の音に聞こえたと証言しています。皇太子の随行員が記念碑に敬礼することもなく、車夫にいろいろ指図している。やはり、日本の地理を調査しに来たと……」

山田が既に報道されている内容の説明をし始めると、記者たちはこれ以上聞くこともないという表情になった。

津田の一族は、代々津藩に仕える医師の家系であり、ペリーが再来した安政元年（一八五四年）生まれの津田は、最も多感な時期に明治維新を迎えている。人生そのものが日本の西洋化と軌を一にしており、その意味では、津田も時代の過渡期の犠牲者ともいえるかもしれないと、山田は思っていた。

「いやいや、伯爵、本日は、お忙しいなか、誠にありがとうございました」

紋付袴を着たあの二段頭の男が代表して礼を言い、会見は終わった。

山田も龍子が用意した三ツ矢平野水で喉を潤したが、温くなった平野水の泡は弾けることもなく、口の中でそのまま留まっていた。

七

「どねぇなるかと思いましたが、なんとか、まあ、いきめかいっちょる（円滑に進みました）……。これで、ちぃとはゆっくりとできるのでしょうか？」

記者たちが引き払ったのを確認して、龍子が言った。

しかし、山田がすぐにも政界に復帰したがっていることは、彼女が一番分かっていた。体力は確実に劣えてきたが、まだ老け込むほどではない。山田のつぶらな瞳には、野心が漲っていた。

「ああ、これからも日本法律学校や皇室講究所の手伝いをすることにはなるとは思うが、とりあえずはゆっくりしようと思う」

山田はそう言いながら、着ていた文官大礼服の釦《ボタン》を外し、龍子に渡した。

司法省法学校の後進である東京大学法学部は、学問としての法学研究が盛んで、卒業生たちは即戦力とはならなかった。また、外国法を学ぶ法律学校は多く設立されてはいたが、日本固有の法理を学ぶ学校が無いことを危惧した山田の呼びかけで、明治二十二年に、日本法律学校（後の日本大学）は設立されていた。

山田は、そこでの仕事を手伝いながら、次の機会を虎視眈々と狙おうと考えていた。

「お前さんにも、色々と世話をかけてしもうたな」

慣れない言葉を口にしたせいか、山田の視線は、すぐに仏蘭西窓に広がる黄昏てきた外の景色に向けられた。

「いいえねぇだ。……だけども、新婚早々突然外国に行って、戻ってきたと思えば、あねぇ仏蘭西の民法がどうの、こねぇ憲法はどこどこの国がいいだの……、さっぱり分からんことばかりでした。うちは、井上のお義父様から、お侍さんの妻になるのだと言われておりましたから、ぶち騙されたと思っていますよ……」


あの時、長州藩士は殺気づいていた。万策が尽きて、偏狭な尊王攘夷という精神論だけが一人歩きをしていた。

長州藩が倒幕の決起を果たすために、要衛の地となっていたのが山口であった。

萩にいた長州藩士は、この山口往還の道を何度も歩いた。山口にほど近い湯田温泉は、井上の生家が近かった関係もあり、志士たちの格好の会合の場となり、西郷・大久保と木戸による薩長連合の密約の会合も、その地で行われた。

山田も木戸や井上のお供として、何度も山口往還の道を歩き、湯田温泉に宿泊した。

しかし、年少の山田は、議論が白熱してくると見張り役を命じられ、部屋の外に出されることが多かった。

山田は、悔しい思いで襖の前に立っていた。

「こら、入るでぇねぇ！」

山田は、腰に差した刀の柄を手にして、茶を持って襖を開けようとする若い女を怒鳴った。

「まっこと、ご無礼いたしました」

女は、茶器を自分の傍らに置き、額を畳にすりつけた。

「ええから、早よう、あっちに行け」

山田が掌で退散を促す仕草をすると、顔を上げた少女は、日焼けなのか、生まれつきなのか、色黒な顔をしていた。そして、意外なことに大きな瞳と大きな口で笑っていた。

大きな口からは白い歯がこぼれており、その歯の輝きが山田の威勢を削いた。——それが、初めて見た龍子の姿であった。

「何を笑っちょる？」

山田が怒って問いただすと、

「お侍様は、萩からいらっしゃったんけぇ？」

と、反対に山田に聞いてきた。

「いかにも……」

「うちらは、ここらしか知らんけぇ、お城のある萩は行ったことがないがです。萩には海があるがでしょう？」

湯田温泉と萩は、そんなに離れた距離ではなかったが、女の足では二日はかかるし、当時の長州藩には様々な主義主張が入り乱れ、治安が極めて悪かったので、藩内であっても、よほどの用がある者しか旅をしなかった。ましてや、年端の行かない女が旅をすることはなかった。

街道の峠を越えると、萩の港を背にして指月山が見えてくる。

阿武川が松本川と橋本川に分かれ、その中洲に萩の城下町があった。

白壁が巡る武家屋敷の向こうには、菊ヶ浜が続き、遥か沖合には見島《みしま》の島影が見える。

山田の頭の中には、故郷の海辺の様子がしっかりと再現できていたが、恥ずかしさのあまり、その美しさを龍子に説明することができなかった。

「海は広ろうございますけぇ？」

「いかにも……」

幼い頃、山田は、萩の町から飛び出したくて、その海を泳いで江戸に行こうとして、命からがら助けられたことがあった。

「いかにも……」

龍子が、握り拳を口の前にもっていき、山田の物真似をした。

「えれぇ、えばりくさっちょって」

龍子はその大きな口でけらけらと笑い声を出して、踵を返して山田の前を離れていった。

山田は、こんな風変わりな女を生まれて初めて見た。

とはいうものの、怒る気にはなれなかった。萩の侍は武家と言っても皆貧しく、子供の頃から野良仕事を手伝わされており、山田は龍子の引き締まった色黒の顔にむしろ好感を持った。年頃になると白粉を塗る娘たちが多いなかで、腰ひもを襷掛けにして、かいがいしく旅館の仕事を手伝う姿と、豪快な笑い声と白い歯の輝きは、純情な山田の心を捉えてしまった。


気を利かした井上が、瓦屋の主人である鹿島屋喜右衛門と話をつけ、瓦屋の裏にあった神社で二人きりで会う機会を作ってくれた。

あの時の龍子は、親の算段で、大きな蝶が描かれた橙色の浴衣を着せられ、顔に白粉を塗っていた。少しでも口を小さく見せるためなのか、口角の内側だけに紅をさしており、できあがったその姿は、まるで別人のようであった。

「……今日は、白粉を……」

緊張していた山田が最初に口にしたのは、そのことであった。

龍子はうつむいたままで、何もしゃべらなかった。

二人は、境内に木霊する蝉の声を暫く聞いていた。

龍子の白粉を塗った大きな額の上には、風になびく杉の葉影が揺れていた。

「あのう、お侍さん……、お侍さんは、でけぇ女《おなご》が嫌いけぇ？」

痺れを切らした龍子がそう言ったが、顔は下を向いたままだった。

「……いんや」

山田は、ただそう応えた。

「地黒の女は？」

「……いんや」

「口がでけぇのは？」

「……いんや」

「お侍さんは、何でも、『いんや』やがねぇ……」

龍子はようやく顔を上げて白い歯を見せた。銀の簪がきらきらと揺れていた。

「……いんや、わしは黙っておる女より、笑っておる女がええと思っております……」

山田は、ぼそぼそと応えた。

「そうけぇ、ほんなら、今度会う時は、下駄を履いてきますけぇ……」

足元に視線を移すと、龍子は赤い鼻緒のついた薄い草履を履いていた。

それは、橙色の浴衣と銀の簪には、明らかに不釣り合いであったが、下駄を履けば、龍子の背丈は、山田より顔一つ上にいくことになる。草履を履かせたのは親の配慮だったのだろう。

「そげぇなこと気にせんと……。わしは、でけぇ女がええと思っておりますけぇ……」

それは、事実であった。

自分でも気がつかなかったことだったが、山田は龍子に会って、自分より背丈の大きい女が好みであることを知った。

「難儀なことばっかりだったもんで……、ぶち安心いたしました」

龍子は、再び白い歯を輝かせた。

龍子は武家の出ではなかったので、井上の計らいで、一旦井上家の養女という形をとり、祝言の日を待ったが、幕府による長州征伐、その後の戊辰戦争と、なかなか高砂を聞くことができなかった。

しかし、龍子は文句一つ言わず、その日を待っていてくれた。

――海は広ろうございますけぇ？――

考えてみると、山田は、龍子の質問にいまだに答えてはいなかった。自分は米欧使節団の随員として、海の広さを身をもって実感している。ご一新の後、住まいを東京に移したが、その果てしない海の広さは説明したことがない。

しかし、この旅館の娘こそが、海より広いと感じることがあった。

山田は、龍子が屋敷の女中や書生たちの前で、自分のことをプチ・カポラル（Petit Caporal）と呼んでいるのを知っている。

プチ・カポラルとは、仏蘭西語で小さな伍長という意味で、ナポレオンの渾名《あだな》であった。

山田が最初にそれを聞いた時には腹が立ったが、龍子が真面目に「旦那様は、日本のナポレオン・ボナパルトになられるお方です」と言い張るのを聞いて、反対に眼頭が熱くなった。

大津事件を起こした津田巡査と同じように、山田も維新の激動の中で生を受け、西南戦争まで、常に戦いをしてきた。幸運にも多くの同志や尊敬できる師には巡り会えたが、それ以上の数の敵も相手にしてきた。

自ら放った鉄砲の弾や、自分の命令で放たれた大砲の弾が奪った命の数は、十や百の単位では済まない。初めての戦場で、斬首された屍を見て三日間も嘔吐を繰り返していた自分が、戦歴を重ねていくとともに、死者を数で捉えるようになっていた。

死者には必ず家族や友人がいるはずで、山田に恨みを持っている者は何万人もいることだろう。そんな風に考えるようになったら、戦《いくさ》そのものより、平気で戦ができる自分の方が怖くなっていった。

司法の世界に入っても、敵を打ちのめしてきた。

銃や大砲こそ使わなくなったが、言葉や組織における処分という武器を使い、数え切れないほどの人間を蹴散らしてきた。

自分には味方がいるのかと、不安になることがある。盟友だった大久保利通と西郷隆盛を見ても、最後には血で血を争う関係になってしまった。松下村塾の仲間たちも同様である。

しかし龍子だけは、どんな時も自分の味方になってくれる。言葉には出せなかったが、この確信があったからこそ、傷ついた肉体と心に鞭打って、次なる戦いに身を委ねることができたのだった。

八

「へぇー、これが、有名な松陰先生が書かれた扇面詩というやつですか。しかし、お世辞にも、あまり達筆ではありませんな」

山田と龍子は、驚いて後を振り返った。

応接室の入口の近くには見知らぬ男が立っており、松陰が書いた扇面詩を眺めていた。

この扇面詩は、山田が若い頃、松陰から贈られたもので、かけがえのない宝物であった。

立志尚特異　(立志は特異を尚《たつと》ぶ)
俗流與議難　(俗流と与《とも》に議し難し)
不思身後業　(身後《しんご》の業を思はず)
且偸目前安　(且だ目前の安きを偸《ぬす》む)
百年一瞬耳　(百年は一瞬のみ)
君子勿素餐　(君子は素餐《そさん》する勿《なか》れ)

「この『素餐する勿れ』というのは、いたずらに禄をもらうなってことですかね。松陰先生は、この時から、伊藤の行く末を御存知だったわけですな。たいしたもんだ……。しかし、松陰先生というのは、不思議な方ですよね。尊王攘夷を主張なされながら、自らが夷人の操縦する黒船に乗ろうと計画なさったり、過激な意見で皆を先導したかと思えば、松下村塾では、塾生に優しく接されたそうですな。感激すると子供のように大泣きをして、純粋で過激で、優しさと厳しさが同居なされていた……。いや、実に捉えどころのない人物だったと……」

男は大きく首をひねって、二人の方に視線を向けた。

その背丈は山田と同じほどで、年の頃は三十半ばぐらいに見えたが、衣服のみすぼらしさばかりが気になり、断定することができなかった。

「会見は、先ほど終わったはずだが……」

山田は、威嚇するような口調で言った。

「厠を借りておりましたら、迷ってしまいまして。いや、まったく大きな屋敷ですな……」

男の左目はこちらの方を向いていたが、右目は違う方向を向いていた。黒いチョッキの下には、皺だらけの黄ばんだ白いシャツが見えていた。山田の記憶が正しければ、この男は、会見場では、最前列で、あの紋付袴の二段頭の男の横に座っていたはずだ。

「申し訳ござらんが、本日は疲れておる。帰ってくださされぬか」

「もちろんでございます。失礼いたしました」

男は軽く会釈をして、ドアの方へ歩いていった。

しかし、真鋳のノブを手にした時、体を反転させて言った。

「実はですね。わたしの実家は薩摩藩士でして、父も兄も西南戦争で亡くなっております」

山田は咄嗟に自分の身体を龍子の前にもっていった。この男が何らかの報復行為をするかもしれないと思ったのだ。西南戦争が勃発した時、山田は司法大輔であったが、途中から参戦していた。

「あー、誤解しないでください。わたしは伯爵どのに恨みなど、これっぽちもありませんよ。それが伯爵どの仕事だったのですから……。薩摩の人間は、兄を裏切った西郷従道や竹馬の友をあそこまで追いやった大久保利通には恨みを持っていますが、伯爵どのがどれだけ苦しみながら西郷さんと戦われたかを知っています。山縣だけに任せていたら、政府軍は負けていたと皆は思っていますよ」

この男が言う通り、西郷軍の善戦に対して、多勢に無勢の政府軍も苦戦をしいられていた。しかし、山田が別動隊第二旅団司令長官として鹿児島に上陸し、得意とする背面攻撃を開始すると、それが功を奏し、西郷軍を北方へと追いやることができた。

「先ほども申したが、会見は終わった。もうこれ以上、貴殿と西南戦争の話をする気にはなれん」

山田は、軍人の口調で、強く言い放った。

「まあまあ、そんなに怒らないでください……。分かりましたよ。正直に言いましょう。わたしは新聞記者ではありません。本日、伯爵どののお屋敷にお邪魔したのは、伯爵どのにお見せしたいものがあったからです」

「見てもらいたいもの？」

「ええ、西南戦争で死んだ兄からの手紙です」

そう言って、男は懐から一通の茶色の封書を取り出した。紙の状態から、それが時の経っているものだと一見して分かった。

「手紙？」

「日付は明治四年十一月九日となっております。今流の太陽暦で言うと、明治四年十一月二十日となります。ちょうど政府のお偉い様方が、大挙して亜米利加《アメリカ》や欧州に行かれる直前だと思いますが……」

「岩倉米欧使節団が、横浜の港を出る直前と言われるか？」

「その通りです」

「で、その手紙には何と書かれておる？」

山田がその封書を受け取ろうとすると、男はあわててそれを懐に引っ込めた。

「いやいや、連戦連勝の将軍様に、こちらの手の内は簡単には見せられません。わたしの方でも、これから色々と調べる必要もありますし……」

男は、薄気味悪い笑顔を浮かべた。

「その手紙が、主人とどういう関係があるとおっしゃるの？」

沈黙を守っていた龍子が、我慢しきれずに口を開いた。

「いったい、あなたはどなたなの。ひとの屋敷に勝手に上がり込んできて、名前も名乗らないのは失礼でしょう……。しかも、先ほどから聞いていますと、薩摩出身というのは嘘ですね。あなたには、全く訛りがありませんから」

龍子の人差し指は、何度も男の顔面を指した。

「これは大変失礼いたしました。わたしは調所直行《ずしょなおゆき》と申します。先ほどの芳名帳には調所広郷《ずしょひろさと》と書かせていただきましたが……。また、奥様には信じてもらえないかもしれませんが、調所の家は、正真正銘薩摩藩の武士でございました。ただ、父が維新の終わるまで江戸屋敷の勤めでしたので、このわたしは生粋の江戸っ子でございます。だから、訛りというものがないのです」

「ひょっとすると、あの薩摩藩の財政改革をなさった調所広郷様の親類の方か？」

「子供の頃、父から親戚に藩の危機を救った偉い方がいたと聞いた記憶がありますが、はたしてその方が調所広郷なのかどうか、今となっては調べる術もございません。父も兄も亡くなっておりますし、お上に逆らって西郷軍に肩入れしたということで、一切の親戚付き合いも途絶えております。わたしは天涯孤独の身なのです。兄はずっと薩摩におりましたから、わたしは兄の顔すら知りませんし、今となっては、唯一わたしと家族とを結んでいるものは、この手紙だけなのです。これを読み返す度に、わたしはわたしとわたしの家族を引き裂いた大久保利通を恨んでおります。大久保ほど冷酷で卑怯な人間はおりません」

「それは気の毒なことをした。しかし、あなたがお国のための仕事だからと、わたくしのことを許してくれるのなら、大久保さんほどこの国のことを思って苦渋の選択をなさった人はおらなんだという ことも理解してもらえんだろうか。わたくしは、日本という亜細亜の小国が、大国に侵略もされず、曲がりなりにもここまでやってこられたのは、ひとえに大久保さんのお陰だと思っておる」

西南戦争の翌年の明治十一年（一八七八年）五月十四日、大久保利通は明治天皇に謁見するため、二頭立ての馬車で自邸を出発したが、紀尾井町清水谷において、待ち構えていた不平士族六名に襲撃された。

犯人たちは、日本刀で馬の足を切り、御者を刺殺し、大久保を馬車から引きずり降ろした。介錯として首に突き刺された刀は地面にまで突き刺さっていたそうである。享年四十九歳であった。

冷徹で官僚的な人間だと思われがちな大久保であったが、家庭内では子煩悩で優しい父親だったという逸話を葬儀の時に聞いた。大久保が馬車で自宅に帰ってくると、靴を脱がせようとして、子どもたちが争って玄関に出迎え、勢いあまって後ろに転がるのを見て笑って喜んでいたという。

しかし、そんな大久保の人となりを、この薩摩の不平士族に話したところで、意味のないことだろう……。

「伯爵どの、津田が西郷さんの生存を信じていたのは単なる妄想にすぎませんが、わたしは、松陰先生が維新後も生きていたと思っております」

調所の白濁した左の眼は、自信に漲っていた。

「何を馬鹿な……。その兄上からの手紙には、そんな荒唐無稽なことが書いてあるのか？」

山田は吐き捨てるように言ったが、この男に次第に恐怖を覚える自分がいることに気付いていた。

「いや、はっきりとは書かれてはいません。ただ、兄は間違いなく、そう信じていたと思いますし、長州でも当時、その様な噂が流れていたそうですな？」

「松陰先生は安政の大獄の時に、伝馬町で亡くなっておられます。お墓だって世田谷の若林にあります。しかも、その馬鹿げた噂が、いったいぜんたい主人とどんな関係があるとおっしゃりたいの？」

龍子が、大声で食い下がった。龍子の血の気の多さは、はるかに山田を上回っていた。

「分かりました。今日のところは、こちらの威勢のいい奥様に免じて退散いたします。しかし、最後に一つだけ質問させてください」

「あねぇ言えば、こねぇ言うてから」

「あなたも本当にしつこい性格だな」

山田は龍子の袂を押えていた。そうでもしなかったら、妻は今にもその男を殴らんばかりであった。

「伯爵どのは、人から聞かれる度に松下村塾の出身だと公言されて、こうやって松陰先生からもらわれた扇も大切にしていらっしゃる。しかるに、伊藤議長はどうですか。わたしの知る限り、あの方は、松下村塾出身だということさえ否定なさっている。どうしてでしょうか？」

「……伊藤さんには伊藤さんの考えがあるのだろう。わたくしは伊藤さんではないので、それ以上のことは言えん」

「分かりました。それで充分です。はい」

そう言うと、調所と名乗る男は、懐から出した木綿の帽子を目深に被って、さっさと山田邸を後にした。まるで、ここでの話をそのみすぼらしい帽子の中に大切にしまっているようであった。

不思議なことに、その気味の悪い容姿には合わず、調所が去った後には、高級な舶来の石鹸のような甘い香りが漂っていた。

「全く、失礼な。いなげな格好しよってからに……」

「世の中には、色々な人間がいるということだ」

「あの眼は本当に不気味やったわ。塩でも撒いて、お清めをしておきますけぇ」

龍子は、女中頭を呼びに応接室を出た。

彼女の甲高いはっきりとした声は、広い山田邸に響き渡っていた。

調所と名乗る男は、「維新後も松陰先生が生きていた」と言った。

山田が、最後に木戸を見舞った時、「山縣と伊藤の二人には気をつけろ」と注意をしてくれた。あの時の山田は、徴兵令や陸軍の組織のあり方を巡って山縣と対立をしており、伊藤が山縣の最も近い盟友であるので、木戸がそういう言い方をしたのだとばかり思っていた。

もしかしたら、木戸は全てを知ってああいう忠告をしてくれたのではないか。確かに伊藤は松下村塾の出身だということを否定している。

一旦、消し去った伊藤への疑惑の泡が、沸々と湧きあがっていた。

九

山田顕義が伊藤博文に初めて会ったのは、松下村塾であった。

もっとも当時、山田は伊藤のことを「利助さん」と呼び、伊藤は年下の山田のことを「市さん」と呼んでいた。

伊藤は、周防国熊毛郡《すおうのくにくまげぐん》束荷村《つかり》字野尻の農民である林十蔵の長男として生まれた。家が貧しかったため、幼い頃から奉公に出されていたそうだが、父の十蔵が水井武兵衛の養子となり、さらに武兵衛が足軽である伊藤弥右衛門の養子となって伊藤直右衛門と改名したため、十蔵・利助親子も足軽の身分となって、伊藤姓を名乗るようになった。

伊藤利助は、十六歳の時、松下村塾に入塾してきた。


「どうして利助さんは中に入られないのですか?」

いつも塾外で講義を立ち聞きしていた伊藤に、山田が聞いた。

「わしは身分が低いので、ここでいいがです」

「しかし、松陰先生は、身分の上下にかかわらず、塾生を受け入れておられますよ」

「ありがとあんした。そんでも、わしはこの方がいいがです。この方が、落ち着くがです」

雨が降ろうが風が吹こうが、伊藤は建物の中には入ろうとはしなかった。

松陰先生の教えは、学問をする上で身分の上下がないとするものであり、事実、藩校である明倫館に入学が許されない下級の武士たちも入塾を許されていた。ただし、伊藤が言うように、彼ほど身分の低い者もいなかった。

伊藤は足軽ということになっていたが、生活は農民のままであり、農作業の傍ら、また時には赤ん坊の子守りをしながら、松陰先生の講義を聞いていた。

山田はそのような逆境にも負けず、学問に勤しむ利助の姿に心を打たれたものであった。


しかし、後年、二人が岩倉米欧使節団として亜米利加の地を訪れた時、利助から俊輔を経て博文と名を変えた伊藤が、こう言ったのを覚えている。

「確かに、あの方の教え方には先進性があった。わしのような身分の低い者にも学問をすることを認めてくれた。しかし、市さんのようにそれなりの家柄に生まれた人には理解できなかったと思うが、あの自由な学び舎にも、差別というとてつもない壁があった。あの方は謝礼はいらないとおっしゃったが、皆は形を変えて謝礼をしていた。また、明倫館での学問や武士の家で当たり前の読み書きの経験のないわしには、それが越え難い障害であった。わしの家では、食っていくのがやっとで、四書五経など読む余裕はなかった。はっきりと言えば、あの方をはじめ、他の塾生は藩や日本のことを考えるために学問をしていたが、わしは自分の立身出世のためだけに学問をしていた。そりゃあ必死だったよ。農民が田や畑を耕すのと同じように、あの方の話を一語も漏らさず、聞いていたのだ」
その告白は、松陰先生を尊敬して止まない山田には、衝撃的なものだった。

——今日の学問は全て皆、実学である。昔の学問は十中八九までは虚学である——

後世、内閣総理大臣となった伊藤は演説会で、このようにも言い放った。

松陰先生は、ご自身のことを「僕」と呼び、弟子であっても決して呼び捨てになさらず、「同志」や「さん」をつけていた。

松陰先生ほど、身分の差別なく弟子のことを思われる人はいなかった。山田は伊藤の出自には同情もしたが、その考えにはどうしても賛成することができなかった。

例えば、金子重之助のことである。

黒船で密航を企てた時に、一緒に乗船し、囚われの身となった弟子の金子は、農民の身分であったので、江戸から国許に送られる時も扱いが違っていた。用便のためにさえ檻から出ることが許されず、着衣が汚れた。松陰先生は、自分の檻から金子の着衣を替えてやってくれと懇願なされた。

十一月の寒気の中、風邪をひいた金子に対して、松陰先生は、「自分の綿入りを金子に着させてやってくれ」と襦袢一枚で涙ながらに訴えられたそうである。これには、藩法を盾に先生の主張を断ってきた護送役人もついには狼狽し、その場で大評定を開き、綿入りを金子に着させた。

また、二人が萩についても、松陰先生と金子は獄舎が別々になり、金子は環境が無残な百姓牢である岩倉獄に入れられた。もともと体の弱かった金子は、そこで皮膚病や肺を病み、それを知った松陰先生は、自分が収監されている「野山獄に金子を移せ」と叫び続け、また、松本村の父母に手紙を書き、金子に見舞いをすることを頼まれた。

長州藩による金子の扱いは、その後自宅謹慎という一応の処分を受けたものの、伯父の開いた松下村塾を引き継ぐことが認められた松陰先生とは、雲泥の差があった。しかし、松陰先生は、最後まで金子を庇い続けた。

松下村塾を引き継がれた松陰先生にとって、一番弟子は久坂玄瑞であった。先生は久坂を「防長に於ける年少第一流の人物で、無論また天下の英才」と評し、自分の妹の文《ふみ》を嫁がせるほどであった。また、二番弟子であった高杉に対しても、その非凡さを一早く見抜き、剣術ばかりであまり学業に本腰を入れない高杉を奮起させるために、幼馴染でもある久坂を褒めることによって切磋琢磨させるという、別の可愛がり方をしていた。

松陰先生の過激な考えに一線を引いたためか、松陰先生の優しさが理解できなかったのか、あるいは、志が低かったという自責の念がそうさせているのか、調所という男が指摘しているように、伊藤は松下村塾出身であるということを否定していた。

山田も、そんな伊藤とは、米欧使節から帰国後、あい容れることができない人物として一線を画すようになっていった。特に、あの事件以来、会議で顔を合わすことはあったが、二人だけで面と向かって話すことはなかった。

塾生の中で最も歳が若かった山田は、時として子供じみた的外れのことを言って、年長の同志から失笑をかった。

山田は恥ずかしさに耐えながら、それでも素直に疑問を聞いた。それが若い頃の山田の長所と言えば長所であった。そんな時には、松陰先生や木戸や高杉が笑いながら、噛み砕いた表現で、事態を説明してくれた。

今回の大津事件を経験して、山田は、自分の役どころが、いまだにあの松下村塾の時と変わっていないのではないかと思うようになっていた。結局、自分は歳だけはとったが、いまだに小さな人間でしかなかったのだ。あわよくば内閣総理大臣と、思っていた自分が恥ずかしかった。

最近では、日本国中に鉄道が敷かれるようになったが、自分の担ってきた役割は、誰かが敷いてくれた線路の上を、安全にただ早く汽車を走らせているに過ぎないのではないか。より大変で困難な仕事は、線路を敷くことである。もちろん、司法権の独立を守ることも、一大事業ではあるが、そもそも司法権の独立という線路を敷くべきかどうかを考えることの方が、上級な問題であった。

このような上級な問題を解いていたのは、一昔は、木戸さんであり、高杉さんであったが、今となっては、認めたくはなかったが、伊藤だったということなのかもしれない。

もし、その伊藤までもが窮地に立たされることになったら、日本の国は再び分裂の危機に瀕するかもしれない。戊辰戦争や西南戦争で亡くなっていた同志たちの死を無駄にさせないためにも、そういう事態が生じることだけは避けなければいけない。

山田は今回の問題につき、自分の置かれた役割を客観的に認識しなければ、次なる政界への復帰はないものと考えていた。そして、残念なことではあるが、伊藤の偉大さを認めざるをえなくなっていた。

そんな時に……、あの斜視の調所という男の出現が不気味でしょうがなかった。

十

翌朝、役所へ出勤する必要もなかったし、龍子が気を利かせてくれたのか、誰も寝室まで声をかける者がいなかったので、山田は日が高くなるまで寝台にまどろんでいた。

「プチ・カポラルとは、仏蘭西語で、小さな伍長という意味です。このドアの向こうに、我が家のプチ・カポラル様が寝てらっしゃいます。あなたも、仏蘭西のナポレオン・ボナパルト大皇帝のことはご存知よね」

龍子は新しい女中か誰かに、屋敷の中を案内している様子であった。その甲高い声は、どんなに小声で話そうと、寝室の中までしっかりと聞こえてきた。

「これが、我が家のプチ・カポラル様が作られた詩です。わたくしが、これを書斎で見つけましてね。本人は恥ずかしそうにしていたんですが、こうやって飾らせていただきました」

那破列翁《ナポレオン》

何ぞ言わん　雄略　当時を圧するを

又　法章の　千載に垂るる有り
人世　無窮　青史の上
文武　古今の師たるは　文明たり

龍子が山田の作った漢詩を読み上げると、山田は顔から火が出そうなくらい、恥ずかしい気持ちになった。

「あのう、奥様、まっことぶれいなことですが……、この詩はどういう意味なんでしょうけ？」

若い女の話す声がした。

それは、懐かしい長州訛りであった。

「あら、そんなこと、このわたくしに分かるはずがないでしょう」

「えぇ、奥様もお分かりでないのでしょうか？」

「おそらく、ナポレオン皇帝がこんなに立派で、わたしもそねーな人間になりたい……。まあ、そんなところでしょう」

龍子は笑ってごまかしたが、その笑い声は廊下中に響いていた。

これ以上龍子に喋らせると、何を言い出すか分からなかったので、山田は咳払いを一つして、寝室のドアを開けた。

「これは、これは、旦那様、お早い朝で」

山田は、返事をしなかった。

「この娘は、前に話をしていた、瓦屋の遠い親戚にあたる、喜美枝にごせいます。本日より行儀見習いを兼ねまして、我が家に来ておりますけぇ」

龍子はそう言うと、絣の着物を着た少女に挨拶をするように背中を押した。

「……鹿島喜美枝にごぜぇます。萩からやってめいりました」

少女は、恥ずかしそうに頭を下げた。

「萩から?」

「……へぇ」

少女は緊張のあまり身体を硬直させ、その大きな黒眼が一点で静止していた。

「……それは、それは、ようおいでました。萩にも随分と帰っておらんが、橙《だいだい》の花はもう散ってしもうたかのう?」

少女の緊張を解こうとした山田であったが、その頬は少女より赤くなっていた。

少女の全身から醸し出される若さと清純さは、山田が久しく見ていないものであった。

「へぇ。うちが萩を出発した時には、ほとんど散っておりました……」

山田の頭の中には、武家屋敷の白塀からこぼれる橙の白い花が映っていた。

長州は裕福ではなく、武士といえども、屋敷の中に畑を作り、柿や梅や橙の木を植えて糧とした。

艶のある緑の葉に映える橙の小さな白い花は、長州武士の質素さと潔白さを象徴しているものである。仕事に追われ、また、萩の乱の平定で同志と戦ったので、何かと故郷に帰りづらい立場であったが、この少女を見ていると、底知れぬ懐かしさが込み上げてきた。

「喜美枝や。あんたは本当に運がいい娘だわ。旦那様はちょうど昨日、大臣を辞められました。へじゃけぇ、あんたの東京見物には、旦那様も一緒に行ってもらえるけぇ……」

「えぇころしいよ（いいかげんにしなさい）」

山田はすかさず否定したが、遅すぎた。

「そんな、お大臣様にそねぇなことまでしてもろうたら、たえがとうあります」

喜美枝は、必死に頭を左右に振った。

「いや、気にせんでも……、せわあないのう」

山田は、そう応えるしかなかった。

「……そやね。まずは、上野恩賜公園の動物園だわ。うちも前から行きたかったけぇ……。あそこの象はびっくりするような、それこそ大砲の弾のような、大きな糞をするそうよ……。善は何とかと言いますから、どうけぇ今日の午後にでも……」

「ほんに、お前はいらじ（短気）じゃのう」

「奥様、うちもその象のでっかい糞が見とうございます」

鹿島家の血筋なのか、喜美枝も龍子同様に物怖じのしない朗らかな性格のようであった。

恩賜上野動物園は、欧化政策の一環として、明治十五年（一八八二年）に、上野清水谷に開園した。

欧米では十八世紀から博物学が隆盛を極め、各地に本格的な博物館や動物園が整備されている。上野動物園も農商務省博物局の所管で、博物館の付属設備として位置づけられていた。

「お大臣様も、動物園にいらっしゃるのは初めてでございましょうか？」

山田は、自分のことをもう大臣と呼ばぬように注意しようとしたが、諦めた。

喜美枝の丸い額には、数滴の汗の滴がついていたが、その瑞々しい若い皮膚は、その滴を撥ね退けていた。

木陰を進路にはしていたが、この暑さは、山田の身体には堪えた。認めたくはなかったが、老いが山田の身体にゆっくりと迫っていた。

「亜米利加の桑港《サンフランシスコ》というところで、一度行ったことがある」

山田は、手ぬぐいで汗を拭きながら答えた。

「あら、外国では学問ばかりなさったと聞いておりましたが、動物園にも行かれておられましたけぇ？」

龍子は、山田をからかうように言った。

久し振りの山田との外出に、龍子はこの気候も気にならないようで、山田の返事も待たずに、弾むように前へ進んでいった。

米欧使節団を乗せた亜米利加《アメリカ》号は、横浜出航以来、二十二日の航海をかけて太平洋を渡り、明治四年十二月六日（一八七二年一月十五日）に、無事、桑港に到着した。

しかし、桑港湾は濃霧のため視界が効かず、停船して夜の明けるのを待った。

朝日とともに霧が晴れ、光り輝く加州《カリフォルニア》の山々を背景に、亜米利加大陸の海岸線が薄らと見えてきた。

山田は、今でもあの時の興奮を忘れることができない。

弟子の金子と亜米利加への密航を企てたことで罪人にされた松陰先生が、もし生きておられたらどう思われただろう。先生の夢をこうやって弟子の自分が叶えたのだ。

甲板のあちらこちらからも「万歳」の声があがった。

船はゆっくりと内海を進み、フロント桟橋に接岸した。

港は黒山の人だかりであった。

一行は何台かの馬車に分乗させられ、階級ごとに三つのホテルに移動させられた。

山田はリッキハウスというホテルが宿泊場所であったが、岩倉大使を始めとする位の高い者たちの一団は、モントゴメリー街のグランド・ホテルに入った。

晩餐会の前に訪れたグランド・ホテルの木戸の部屋の豪華さには、度肝を抜かれた。

寝室の横には客間があり、浴室や便所も備わっていた。大きな鏡はまるで水面のようで、花柄の絨毯は花畑のようであった。客間の中央には、宝石かと見間違うほどのシャンデリアがぶら下がっている。寝台に腰かけると、体の全部が沈みこむほど柔らかく、洗面台の栓をひねると、きれいな水が勢いよく出てきた。洗面台に置かれた石鹸も手拭いもマッチも全て新品であった。

山田が、文明というものを初めて実感した瞬間であった。

留学生たちが宿泊したオクシデンタル・ホテルは、大型の安宿であったが、そこにはエレベータがあった。その上下する小箱を試すために、使節団全員がそのホテルを訪れ、この大がかりな手品のような仕掛けに感嘆の声をあげた。

桑港は、天然の良港として、また、サクラメント川の上流で金が発見されたことによって発展していた。さらに、太平洋と大西洋を結ぶ大陸横断鉄道の建設で、街は加速度的に発展し、人口は十五万人を超えていた。

到着の翌日から猛烈な歓迎行事が組まれていた。十二年前の日米修好通商条約の批准書を携えた徳川幕府の使節以来の日本からの大型使節団であったので、桑港は全市を挙げて歓迎してくれた。

一息つけたのは、翌週になって、ウッドワード公園を訪れた時であった。

公園の中心には大きな噴水があり、博物園、絵画館、植物園に並んで動物園があった。山田はその時、生まれて初めて、生きている虎やライオンや象の姿を見た。

「奥様、象はどこでしょうか?」

喜美枝が、入り口に張り出された園内の見取り図を見ながら言った。

「まずは虎です。虎から見ることにしましょう」

龍子が見取り図の中から、虎の文字を見つけてそう言った。

伯爵様ももはや二人の女の会話に口を出すことはできなかった。プチ・カポラルは、やれやれと呟きながら二人の後についた。

明治十九年に来日中だった伊太利亜《イタリア》のサーカス団の虎が、三頭の子を産んだ。上野動物園は、この虎のうち雄雌二頭を樋熊との交換でもらい受けていた。

開園当初は、ほとんど国産の動物しかいなかったうえに、火曜日から土曜日が一銭、日曜日には二銭という高額な入園料であったため、入園者は極めて少なかった。

しかし、この二頭の虎の人気により、来園者は急増し、年間二十万人を超えるようになっていた。そして、明治二十一年に、シャムの皇帝から二頭の印度象が贈られてからは、さらに入園者は倍増していた。

「起きんさい！」

喜美枝が、両手をラッパのように拡げて叫んだ。

二匹の虎は、その声を無視するように、木陰でただ寝ていた。

「高い入園料を払っているのに、そねー寝てばっかりとは、まっこと失礼……。誰のおかげで、おまんまが食べれると思っているの？」

龍子も手を叩いて、虎を起こそうとした。山田は、少なからず龍子の倫理観に関心することがあったが、彼女における正義とは、このような商人における正義であった。

——ゴウー

一匹の虎が、こちらを向いて吠えた。

その低音の声と、しなやかな筋肉の動きで、龍子は体を硬直させた。

——ゴオウー
もう一匹の虎も吠えた。そして、こちらに向かってきた。

龍子と喜美枝は鉄の檻を掴みながら、そろってその場で腰から砕けた。

二人の姿を見て、山田は笑った。久し振りに腹の底から笑った。もしかしたら、こんなに笑ったのは、生まれて初めてのことかもしれないと思えるほど笑った。

「男子たるもの、婦女子を守るのが務めではないですけぇ？」

龍子は、地面に尻をつけながら、顔を真っ赤にして怒った。

その表情を見て、山田はさらに笑った。

のどかな日だと思った。


明治十一年、山田が西南戦争における功績により陸軍中将に昇進した。

幸せは重なるもので、その年に龍子も妊娠した。

「これで、プチ・カポラル様の子孫ができます、のんた（ねぇ、あなた）」

結婚して八年も待った子の誕生に、山田も龍子もたいそう喜んだ。

しかし、老舗旅館の娘として、働くことを常と考える龍子の性格が災いしたのか、プチ・カポラルの子は、十月十日の決まりを守らず、この世に出ようとした。

「腹がせいて……やれんがです……」

普段は決して弱音を吐かない龍子が、額に脂汗をして病院に連れていってくれと頼んできた。

「奥様の命をとるか、お子様の命をとるかの決断が必要です」

診察を終えた医者は、無情な言葉を山田に伝えた。

山田は、龍子を説得したが、「うちがどっちの命も守り抜いてみせますけぇ」と笑顔で応えた。

気丈な母親に守られて、金吉は生まれてきた。この時、山田は、一生この妻に頭が上がらないと思った。

しかし、一粒種だった長男金吉が風邪をこじらせて夭折した。生後六ヶ月のことであった。

「たえがとうあります。うちがよう見とらんばっかりに……」

龍子は、土下座をして山田に謝った。

自分の身体を犠牲にしてまで産んだ子だっただけに、さしもの龍子も塞ぎこむことが多かった。そんな龍子を気遣って、養父の井上は彼女を鹿鳴館の舞踏会やバザーに誘い出してくれた。

もし金吉が生きていたなら、家族でこのようなのどかな日々を送れたのかもしれないと、山田は思いを巡らしていた。

三人は、目当ての象の檻の方に進んだ。

上野動物園の一番の人気であるため、檻の回りには既に黒山の人だかりができていたが、遠くの方からも、天に伸びる長い鼻と、巨大な団扇のような耳が前後に動いているのが見えた。

「奥様、象です！」

喜美枝が、興奮して叫んだ。

「いやぁ、あげに大きいのですね」

龍子も目を丸くして、その巨大な灰色の動物を眺めた。

「奥様、こげいに大きかったら、糞もすごいのでしょうね」

「そうそう、それを見なければ……、喜美枝や、後ろの方に回るのです」

龍子はプチ・カポラルの許可を得ることもなく、喜美枝の手を引き、二匹の象の臀部が見える方へ回った。幸いなことに、そこには見物の人間も少なかった。

「奥様、楽しみですね」

「さあ、さあ」

「お前たち、えぇころしいよ」

山田がはしゃぐ二人に注意したが、興奮した二人は聞く耳を持たなかった。


――我が国が亜米利加と親しい関係を築いて以来、両国が強い友情で結ばれているのは真に通商の力による。それにより、我が国民が開化の国風を知ることができ、海外の技芸・学問・物産・製造及び機械の諸術を研究し、良く理解したいと思う――

山田は、桑港で行った岩倉具視《ともみ》の演説を思い出していた。

断固として尊皇攘夷を叫び、徳川慶喜に征討軍を送り、戊辰戦争が終わってまだ数年も経っていないあの段階で、維新の中心人物であった岩倉が亜米利加の地で、亜米利加との友情を訴えていた。あれから二十年の時が過ぎたが、あの時、驚きをもって見物した動物園がこうやって日本にもできている。日本の政治変化と西欧化が如何なる速度で進んでいったのか、何とも感慨深かった。

「奥様、見てくだせぇ。もう、出そうです」

喜美枝が、象の臀部を指さして言った。

「けっぱれ、けっぱれ」

象は涼しい表情で、茶色の固体を三つ続けさまに落とした。

その固体の重量を伝える鈍い音が、叢《くさむら》からしていた。

「あっれぇ、いや、本当に、大砲の弾のようだわ」

二人は、拍手喝さいをした。

この茶色の固体の放つ異臭のお陰で、山田の追憶の旅は、伊藤博文が太平洋上の客船で行った「糞演説」に及んでいた。

――我々は、特命全権大使遣米欧使節団の一員である。一随員一留学生といえども、日本国の代表である。各自今から船室に戻り、おのおの着脱の修練をなし、西洋式便所の使用法を研究し、不都合のないようにこころがけられよ――

伊藤がこの演説を行った発端は、水夫が便所の近くで臭気漂う人糞を発見したことに始まった。日本国の名誉にかかわる一大事ということで、岩倉が外国生活に慣れている伊藤を指名し、西洋式便所の使用方法の講義をするように命じた。

このような無茶で不名誉な役割も平気で引き受けるし、また、後に有名となる「日の丸演説」も堂々とやり抜ける伊藤という人間は、山田の理解を越えていた。

――我が国も寸暇を惜しんで勉学し、文明の知識を吸収し、急速に発展せんことを切望しているのです。我が国旗にある赤い丸は、もはや帝国を鎖す封印の如く見えることはなく、今まさに洋上に昇らんとする太陽を象徴するものであります。そしてその太陽はいまや、欧米文明の中天に向けて躍進しつつあるのです――

この演説で伊藤は万雷の拍手を受け、翌日の桑港の新聞にはその全文が掲載された。

そして、その記事は、亜米利加の東部に伝えられただけではなく、欧州にも日本の存在を宣言することとなった。

しかし、どんな立派な演説をしたところで、この自尊心のない不思議な男が、後に日本国の内閣総理大臣になるとは、使節団の随行員の中には誰一人として夢にも思わなかっただろう。自分も、伊藤のような生命力と活力を学ばなければいけない。モスクワ遠征に失敗したナポレオンも、エルバ島に流された翌年、不死鳥のように再起したではないか。

松下村塾に入塾以来、山田は、常に戦や政治の世界に身を置いてきたので、のんびりと休日を過ごすことに慣れていなかったのかもしれない。


巨大な二頭の象の一挙一動に、観客は歓声をあげていた。

「旦那様が宜しければ、うちは喜美枝を養女にしようと考えておりますけぇ、のんた」

喜美枝が厠に行っている間に、龍子が言った。

「養女に？」

「金吉を死なせてしまい、本当に申し訳ございませんでした」

龍子が頭を下げた。両眼には、珍しく光るものがあった。

「あれは、そなたの責任ではない」

「あの娘に来てもらって、婿様を迎えようと思っております……。どうですけぇ？」

「……しかし、すでに甥の久雄に選定相続人となってもらっておるではないか？」


明治十七年、山田は伯爵を授爵していた。

山田には子供がいなかったので、甥の河上久雄を選定相続人と指名し、伯爵位が継承される措置を講じていた。

しかし、その久雄も身体が丈夫ではなく、永い間入退院を繰り返していた。

「もちろん、久雄さんが元気になられたら、久雄さんに山田の伯爵位を継いでいただきたいがですけど……、どうやら、うちは男の子に縁がないがだと思うがです」

龍子の頬には、涙がこぼれていた。

「久雄もあんな状況だし、確かにそういうことも考えておかなければいけんな……」

山田は、あの話を切り出すのは今だと思った。

しかし、

「こんな話は、あちらこちらにお子様の多い伊藤様のお宅では、きっと心配無用でございましょうね」

龍子がそう言って、泣き顔のままで笑い出した。

折角の機会を失ってしまったが、近いうちに懺悔の時を持たなければいけないと、山田の気は焦っていた。

十一

夜半になって、関東一円には、ようやく待望の雨が降った。

音羽の山田邸の一階のベランダも、激しく雨音を立てていた。

ベッドの上の山田は、この雨が全てのもやもやとしたものをきれいに洗い流してくれないかと、睡魔が訪れてくるのを静かに待った。

雨音は激しさを増し、興奮した神経を和ませてくれた。


翌朝になると、体中に巻きついていたあの湿気は多少落ち着き、幾分か過ごし易くなっていた。

龍子は女中を集めて、象が放出した大砲の弾の話をしていた。

喜美枝も、龍子の演説に上手い具合に合手を入れて、屋敷は笑い声に包まれていた。

この件に関して、プチ・カポラルは黙《だんま》りを決めて紅茶をすすっていた。勝ち目のない戦いには参戦しないのが、得策だということを知っていた。

しかし、書生の一人が調所《ずしょ》という客が来たことを知らせると、龍子と山田は顔を見合わせた。

「動物園は楽しまれたようですな？」

調所は、開口一番そう言って、被っていた木綿の帽子を樫のテーブルの上に置いた。

「わしらの後を追っていたのか？」

「いいえ、たまたま、動物園に行ったら、伯爵どのの姿をお見受けしただけでございますよ」

そんな偶然が起こることは、ありえなかった。

山田は、梅雨時にあっても、この男に背筋が凍るような不気味さを感じていた。

「そんなことはないだろう」

「いいえ、偶然です。しかし、もし、伯爵どのが違うことを考えておいでなら、あえて否定はしませんが……」

調所は、いつものように両目の視点が合わない笑い顔を山田に見せた。

「本日は、わざわざそのことを報告に来たのか？」

山田は、防戦一方になっている状況を感じていた。

「……そうですね。すっかりと用件を忘れておりました……。昨日色々と調べておりましたら、いくつかの更なる疑問が湧いたものですから……。そういえば、一昨日頂いた三ツ矢平野水は、今日は頂けないのですか。あれは一本十銭もするそうです……。ああ、これは、昨日明治屋に行って調べてまいりました。あれ一本で、十人が動物園に行くことができるんですね……」

「あいにく、あれは切らせておりまして」

ちょうどお茶を持ってきた龍子が言った。

いつもなら山田の客には女中がお茶を入れることになっているのだが、調所に対して何か不安なものを感じているのか、自らお茶を運んできた。

「お、これは、これは、奥様直々にお手をわずらわせまして、すみません」

「気をつけてくださいよ。このお茶には毒が入っているかもしれませんけぇ」

そう言って龍子は、湯呑みを調所の前に置いた。

「さすがに、勤皇の志士の奥様は、根性が据わっておられますな。参りました」

調所は、大げさに頭を掻いた。

日焼けした身体にかかわらず、調所の後頭部の髪の生え際には、薄紅色の白斑が広がっていた。

山田は、背中がむず痒くなった。

「それで、用件は何か？」

山田が痺れを切らして、尋ねた。

「ええ、わたくしの調査によりますと、征韓論というのは、元々松陰先生が言い出された主張のようですな。松陰先生は、ペリー来航後の切迫したなかで、欧米に対抗すべく、日本の将来を亜細亜《アジア》への覇権に求めておられたようですね……。えっと、このように言われています」

――国力を養い、取り易き朝鮮、満洲、支那を切りしたがえ、交易にて魯墨に失うところは、また土地にて鮮満に償うべし――（獄是帳）

調所は半紙の走り書きを、山田に見せた。

そこには、まるで新聞の印刷のような、小さな几帳面な字が並んでいた。

「古事記や日本書紀には、大和朝廷による朝鮮支配について述べた箇所があります。その発端は神功《じんぐう》皇后の三韓征伐ですが、松陰先生はこれを歴史的事実とし、朝鮮に対する支配を夢想していたようです……。もし、西南戦争の前の征韓論に沸く薩摩の兄たちの許に、松陰先生が加われば、鬼に金棒ということになりましたね」

「君は、何を言いたいのか？」

「いやいや、これは単なる仮定の話です。しかし、考えてみれば、征韓論というのも、隣の朝鮮にしてみれば、まったくもって迷惑な話ですな。松陰先生や西郷さんほどの至誠な人たちであっても、結局のところ、考えていたのは日本の立場だけだったというわけです。攻撃される朝鮮にしてみれば、たまったものじゃありませんね」

「申し訳ないが、大臣を辞めたとはいえ、あなたの仮定の話に付き合っているほど、この山田は暇を持てあましているわけではない」

「それは、失礼しました……。しかし、明治維新を中心的に実行していったのは西南の雄藩で、いずれも豊臣系大名として、朝鮮に出兵したことがあったというのは単なる偶然でしょうか。きっと、それらの藩では、その時の戦功、戦利品を語り伝えてきたのではないしょうか？」

調所の左目は依然として笑っていたが、白濁した右目はしっかりと山田を睨んでいた。

尊王攘夷運動は、国学及び後期水戸学の思想的影響のもとで成立した政治理論であった。

尊王と攘夷とは本来は違った領域の思想であったが、この二つが幕末の政治情勢のなかで結びついた。

しかし、調所が言うように、両者がともに強い朝鮮蔑視論をもっていたために、いったん不平・不満が始まると、征韓論という吹き溜まりに、それらが一気に集まってしまうという構造になっていたのも事実であった。

「この征韓論が原因で、新政府が二つに分かれ、西南戦争が起こるとは、誰も予想しなかったことですよね……。しかも、後に明治六年の政変と呼ばれたあの大政変の時のお偉いさん方の分裂は複雑しすぎて、わたくしのような下々の者には、よく分かりませんでした。これは単なる個人的な興味に過ぎませんが、政府の中枢にいらっしゃった伯爵どのに、ぜひあの時の分裂劇の解説をお願いしたいものです」

「先ほども言ったが、あなたの仮定の話や個人的興味に付き合うほど、わしは暇ではない」

山田は、自分の興奮を諫めるように、目の前の茶を口にした。

茶はすっかりと温くなっていた。いや、きっと龍子のことだから、この招かれざる客に、わざと温い茶を出したのに違いない。

「やはり、留守組と外遊組での対立が大きかったのでしょうか？」

調所は、山田の発言を無視して質問を続けた。

西南戦争の発端は、西郷の朝鮮使節派遣問題であったが、調所の指摘の通り、その根本的な原因を作ったのは、三条実美《さねとみ》の公家特有の無責任な行動を別にすれば、岩倉米欧使節団にあったと、山田も分析していた。

そもそも、岩倉具視を正使とした米欧使節団とは、昔の暦でいう明治四年十一月十二日（太陽暦一八七一年十二月二十三日）から、明治六年（一八七三年）九月十三日までの長期間にわたって、政府首脳陣や留学生を含む総勢百七名が参加した国家的な大事業であった。

使節団の目的は三つあった。一つに、徳川幕府が条約を結んだ各国を訪問し、元首に国書を提出すること、二つに、諸外国と結ばれた不平等条約の改正のための予備交渉をすること、そして、西洋文明の文物視察と調査であった。

実際に国の舵取りをしていた政府の重鎮が大挙して長期間日本を離れるというのは、異例なことではあったが、使節団に参加した者は、直に西洋文明や思想に触れることができ、その後の日本の文明開化に大きく貢献したことは、紛れもない事実であった。

山田が兵部省から司法省に移ったことも、また、司法省の枠組みを作ることができたのも、この使節団における経験が無かったら、そういう発想すら浮かばなかったことだろう。

しかし、元々一枚岩でなかった新政府に、米欧使節団は、「欧米を知る者」と「欧米を知らない者」という新たな対立軸を作る結果となり、新たな摩擦や政治的問題を引き起こすこととなってしまった。

そのもっとも顕著な対立の踏み絵が、征韓論に対する考え方であった。

王政復古し開国した日本は、李氏朝鮮に対して、その旨を伝える使節を幾度か派遣した。しかし、当時の朝鮮においては、興宣大院君《こうせいだいいんくん》が政権を掌握して、儒教の復興と攘夷を国是にする政策を採っていたため、日本との関係を断絶すべきとの意見が出されるようになった。言ってみれば、当時の朝鮮は、幕末の日本よりはるかに封建的であった。

西郷は使節派遣を主張し、これに賛同したのが、板垣退助、後藤象二郎、江藤新平、副島種臣《そえじまたねおみ》、桐野利秋、大隈重信、大木喬任《たかとう》らの留守政府の残留組であり、反対したのが、大久保利通、岩倉具視、木戸孝允、伊藤博文を中心とした岩倉使節団の外遊組という図式になってしまった。

留守政府は、使節団派遣中には重大な改革を行わないという盟約に反し、急激な改革を進めており、外遊組の態度を益々硬化させていた。

使節団の帰国以前の明治六年八月十七日には、留守政府は閣議で西郷を全権大使として朝鮮へ派遣することを決めていたが、この案を上奏された天皇は、岩倉が帰国するまで待ち、岩倉と熟議した上で再度上奏するようにと、西郷派遣案を却下していた。

大久保は、西郷が使節として朝鮮に行った場合には必ず殺されると、当初はむしろ盟友への心配から西郷派遣案に反対していたようだが、そうなった場合には、朝鮮と開戦してしまうのではないかという危機感を募らせていった。朝鮮や清、ひいては露西亜との関係が険悪になった場合、現在においても状況は変わらないが、当時の日本には、戦争を遂行するだけの国力が全くと言っていいほど備わっていなかった。朝鮮半島問題よりも先に片付けるべき外交案件や国内問題が山積みであるとの結論に至っていた。

当時、山田は参議ではなかったので、直接その討議の様子を見たわけではなかったが、十月十四日及び十五日に開かれた閣議には、太政大臣の三条実美、右大臣の岩倉具視、参議の西郷隆盛、板垣退助、江藤新平、後藤象二郎、副島種臣、大久保利通、大隈重信、大木喬任が出席し、大隈、大木が反対派に回り、採決は同数となっていた。

しかし、この意見が通らないなら、参議を辞任すると言った西郷の発言に恐怖した議長の三条が即時派遣を決定してしまった。

ところが、今度はこれに対し、大久保、木戸、大隈、大木は辞表を提出し、岩倉もこれに同調した。

さらに、この混乱を引き起こした元凶である三条が十七日に、過度の疲労を原因に意識不明に陥った。

最終的には、この間隙をついて、二十日に岩倉が太政大臣代理に就任し、実権を握る。

十二

「やはり何でしょうか、伯爵どのも、岩倉や伊藤のように、お妾さんがいらっしゃるのでしょうか？」

龍子が応接室を離れるのを確認してから、調所が小声で聞いてきた。

それは、いかにも何かを知っているような口ぶりであった。

「わしが、どうして、そんなくだらない質問に答えなければいけないのだ？」

「そうですよね。伯爵どのがその質問に答える義務はありませんな……。しかし、もし仮に、お妾に子がいたなら、たとえ妾の子であっても、わが血を分けた分身でしょうから、可愛いのでしょうね」

山田は、沈黙を守ったが、この男のあまりの横柄さに、顔面の神経が固まりそうになっていた。

「おや、顔色が変わられましたな……。まあ、そのことはいいとして、質問を変えましょう。あの時の三条の病気は本当だったのでしょうか？　それにしても、同じ公家出身でも、三条と岩倉では性格がまるで違っていますね」

沈黙を続ける山田に対して、調所は一方的に質問を続けた。

「太政大臣たるものが、国家の大問題を前にして、仮病を使うことはないだろう」

山田は思わず、調所の質問に応えてしまった。

戦況は、完全に不利になっていた。

確かに、三条の体調の変化に対しては、政府の中でも仮病であると疑う者が多かった。歴史というものは後戻りすることができないものだが、もし、あの時に三条が意識不明にならなかったら、西南戦争は起こらなかったかもしれない。そして、国力も軍備も整わないなか、日本は、朝鮮や清、あるいは露西亜と戦争を起こしていたかもしれない。山田もそう考えることがあった。

二十二日、派遣の推進派である西郷、板垣、副島、江藤が岩倉私邸を訪れ、派遣決定の上奏を要求したが、岩倉は「三条太政大臣による派遣決定は上奏するが、太政大臣代理である私の意見も上奏する」と、主張した。

そして、翌二十三日、岩倉はその言葉通りに、派遣決定と派遣延期の両論を天皇に上奏する。公家出身とはいえ、下級の身分から登りつめた岩倉は、三条とは異なり、気骨も胆力もある公家であった。

天皇は最終的に岩倉の意見を採用し、その結果、西郷派遣は無期延期の幻と消えた。

これにより、西郷、板垣、後藤、江藤、副島は辞表を提出し、賛成派の参議五人は下野した。

「調べてみると、明治六年の政変によって、当時の参議の半数と、軍人や官僚が約六百人もが辞職しておりましたよ。まさに一大政変でしたな……」

参議でなかった山田は、このドタバタ劇には一線を引いて静観する立場をとっていたが、欧米の状況を目の当りに見てきただけに、あの時期に朝鮮へ使節派遣することは明らかに無謀であったし、他にやらなければいけないことが山積みだと思っていた。

当時の山田は、維新を目指して苦楽を供にしてきた同志が、こんなに簡単に袂を分かつという現状を受け止めることができなかった。

山田が松下村塾に入塾したのは、伯父や父の勧めであり、言ってみれば、それは偶然に過ぎなかった。しかも、最年少で入塾以来、倒幕の志士となり、維新後も政府軍の指揮官、兵部省の高官と、そして、あの政変においても、自分でも知らない間に、常に体制派に身を置いていることになった。

このような自分の運命を不思議に思うことがある。自分の意思と関係なく、いつも体制派に身を置くことは、幸運なことなのか、また不幸なことか、山田には判断することができなかった。

「明治六年の政変で下野した西郷さんは、明治七年に、鹿児島県全域に私学校とその分校を創設します。その目的は、西郷さんと共に下野した不平士族たちを統率することと、県内の若者を教育するということでしたが、やはり、それだけでは収まりませんでした。一方、大久保は更なる統制を進め、明治九年に、廃刀令及び金禄公債証書発行条例を発布する。この二つの法律によって、武士から名誉と金を奪うことに成功しました……」

調所は帳面を開きながら、自分なりの説明を続けた。

山田は、彼の説明を聞き流すしかなかったが、それは決して検討違いの分析ではなかった。

「最後の特権を取り上げられた武士は各地で蜂起します。同年十月二十四日には、熊本県で神風連の乱が、二十七日には、福岡県で秋月の乱が、そして、二十八日には、前兵部大輔の前原一誠が萩の乱を起こします。伯爵どのは、この萩の乱の平定のために出兵なさっておられますな。前原さんと言えば、松下村塾の大先輩ですから、さぞかし辛かったのではなかったですか？」

「日本の国を、ここまでにするために、われわれは多くの耐え難い犠牲を払ってきておる」

山田は憮然としてそう応えたが、一体、「われわれ」とは、誰のことを指すのかと、自分でも分からなくなっていた。

「そうでしょう。そうでしょう。伯爵どのほど、この国のことを思っておられる方はいませんから……」

その言葉には、明らかに棘があるのを感じた。

「しかしどうでしょう、本音の所では。大久保は鬼のような人間ではなかったでしょうか？」

「大久保さんを鬼と呼ぶのなら、このわたくしも鬼であった……」

山田は、自分でもどうしてこの失礼極まる男の質問に応えているのかが、分からなくなっていた。

あの時の大久保は、まさに冷徹な鬼のようであった。

全国に飛び火する不平士族の蜂起に対しては、準備が整わない蕾の段階で徹底的に鎮圧させる方針を貫いた。

山田も松下村塾の先輩である前原と一戦を構えなければいけなかった。腹を括って東京を出たが、あれほど辛い戦はなかった。敵の総大将は、至誠の人物である前原であり、新政府への不満を唱える者たちは旧知の仲間であった。しかも戦場は、山田が青春時代を過ごした萩の町であり、あれから山田は、故郷の萩を訪れることができなくなってしまった。

そして、その大久保の徹底ぶりによって、反政府の牙城は西郷が率いる薩摩だけという状態までになった。私学校設立以来、大久保は西郷の威を恐れていたのだろう。しかし、私学校党による県政の掌握が進むにつれて、私学校が政府への反乱を企てる志士を養成する機関であるという疑いが大久保の中で確信に変わっていった。

「大久保のやり方は、実に姑息ですな。明治九年、中原尚雄《なおお》以下二十四名の警察官を、休暇の表向きで鹿児島へ帰郷させて、私学校の内部偵察と離間工作を命じていた。しかも、お粗末なことに、彼らは反対に私学校の生徒に拿捕され、簡単に西郷さんの暗殺計画を自白してしまう。暗殺ですよ、暗殺。明治の時代になっても、大久保は暗殺という古風で卑怯な方法で解決を考えていたのです……。法の番人である伯爵どのなら、その無軌道ぶりを嘆かれたはず……。よりによって、竹馬の友の暗殺を企てるとは……」

この西郷の暗殺計画が本当に存在したのか、大久保が亡くなってしまった以上、山田も調べる術を持たないが、あの時は、日本の国が二分するような状態になっていることを覚悟しなければいけないと思っていた。

それにしても、調所が、どうして殊更に「暗殺」という言葉を強調したのか、山田は気になっていた。

「翌年の一月二十九日には、大久保は鹿児島県にある政府の弾薬を大阪へ移すことを計画する。このことが決定的に私学校を挑発することとなり、私学校の生徒は、政府の火薬庫を襲撃し弾薬を奪うことになった。さすがの西郷さんも、この動きを抑えることができなくなり、決断した西郷は政府に尋問したいことがあると、一万六千の兵を率いて鹿児島から熊本へ向けて出発する……。どうやら、わたしの父も兄も、この時に西郷軍に加わっているようなのです。熊本鎮台との交渉に失敗すると、西郷軍は、二月二十二日、熊本城にある熊本鎮台を強襲したが、司令長官の谷干城《かんじょう》以下の守兵の懸命な防御により、包囲作戦に転じることになった……」

政府は二月十九日、鹿児島県逆徒征討総督として有栖川宮熾仁《ありすがわのみやたるひと》親王を、また、実質的に指揮を行う参謀に、山縣有朋陸軍中将と川村純義《すみよし》海軍中将を任命した。

この配陣には、薩摩・長州の均衡をとるとともに、さらに西郷の縁戚である川村を加えることによって、大久保の西郷への最後の想いが込められていると言われていた。また、山縣もかつて西郷のもとで働いており、特に山城屋事件で辞職していた山縣を復職させたのは西郷であり、ここにも西郷への配慮が見られ、大久保の揺れ動く気持ちが受け取れた。

しかし、西郷の従軍が明らかになった二月二十五日には、大久保は西郷の官位を取り消すことを決断する。

「九州各地の住民たちの支援も受け、戦いの当初は善戦をしていた西郷軍も、装備と人員に勝る政府軍の巻き返しにあい、四月十五日の熊本城の解放の後は守勢に回った。日向地方に転じて再起を図ったが、七月二十四日に都城、三十一日に宮崎、佐土原を失い、長井村に追い詰められて解散した。しかし、一部の兵が西郷さんを擁して政府軍の包囲網を脱出し、鹿児島に帰って城山に籠る……。そして、九月二十四日午前四時、砲台からの三発の砲声を合図に、政府軍の総攻撃が開始された……。伯爵どの、西郷さんの最期の言葉を知っておられますか？」

「いや……」

「西郷さんは、四十余名の兵とともに、籠もっていた洞窟の前で整列し、最後の進撃をします。しかし、負傷して駕籠に乗った別府晋介《べっぷしんすけ》を顧みて『晋どん、もう、ここでよかろう』と言われ、遙か東天に向かって跪座《きざ》し襟を正された。最後の祈りが終わると、別府が『ごめんなったもんし』と叫ぶや、西郷さんを介錯したそうです……」

調所は、あたかもその場に居合わせたように、眼に涙を浮かべて説明した。

「それなら、西郷さんの死亡の報せを聞いた時、大久保さんが何とおっしゃったか知っとるか？」

山田は、ようやく反撃の一矢を放つことができた。

「いいえ」

「大久保さんは、『おはんの死と共に、新しか日本が生まれる。強か日本が……』と号泣なされたそうだ」

「それは本当ですかね……。あの大久保がそんなことを言いますかね。わたしは、あの冷徹な大久保は、西郷さんが反逆の狼煙《のろし》を上げざるをえないように仕組んだのだと思っています。それも、麺棒で蕎麦か何かを延ばすように、日本中の不平士族をわざわざ鹿児島に集結させ、一気に潰したのです。不平士族を集めるには、西郷さんほどの求心力を持っていた人はいませんでしたから」

「あなたは、本当に大久保さんの苦しみを理解しておらんのだな」

「伯爵どのは、大久保の言葉を直接聞かれたわけではありませんよね」

「それを言うのなら、西郷さんの最期の言葉も、あなたが直接聞いたわけではなかろう？」

「その通りです。おっしゃる通り、伝聞というものには、尾ひれがつきますからね……。それで、わたしも一つ一つ証拠を地道に集めておる段階なのですが……、質問を続けて宜しいでしょうか？　お疲れなら、日を改めますが？」

「……構わん。続けろ」

山田は、この不気味な男を一気にここで叩かなければいけないと思った。

「そうですか。それなら聞きますが……、どうして、長州藩は安政六年、松陰先生を幕府の評定所に送る時、わざわざ行列を作らせたのでしょうか？　調べましたら、囚人籠を護衛した藩の役人は、なんと三十人を超えていたそうです」

山田の真意がばれたのか、調所は質問を変えてきた。

「それは、威儀を張ることによって、松陰先生がいかに長州藩として重要な人物であることを幕府に知らせ、先生の罪がいくらかでも軽くなることを願ったためであろう」

「そうですかね。長州藩の重要人物と分かれば、幕府はもっと詳しく取り調べをするのではないでしょうか？」

「その当時、わしはまだ若かったので、藩の詳しい事情は聞かされてはおらん」

「そうでしょうね。伯爵どのは、その時、まだ萩にいらっしゃいましたから……。また、松陰先生が伝馬町の獄に入っている時、昌平校に留学中の高杉晋作が、何度も松陰先生に会いに行っています。これも不思議ですな」

「高杉さんは、先生を尊敬していたので、当たり前のことだろう」

「資料によりますと、高杉は何度も松陰先生に金を渡していたようなんです。牢屋の中も金次第というわけです。しかし、松陰先生って、そういう人ですかね？　それは伯爵どのの方がご存知だと思いますが……」

「先ほども言ったが、その当時、わしはまだ若かったので、詳しい事情は知らん」

「しかも、斬刑直後、松陰先生の亡骸を、長州藩の藩医であった飯田正伯《しょうはく》の指示で、尾寺新之丞《しんのじょう》、桂小五郎、伊藤俊輔が引き取りにいっております。当時は幕法により、刑死人の遺骸は取り捨てられることになっていました。飯田正伯という人物は、松陰先生とさほど親交があったわけでなかったが、獄舎の内外を奔走し、賄賂を散々払って遺骸を受け取ったそうです。しかし、遺骸は幕府の手で取り戻され、再び小塚原の刑場に埋められます。さらに、それから三年後の文久三年正月に、高杉晋作が山尾庸三《ようぞう》、伊藤俊輔、白井小介《こすけ》、堀清五郎とともに、先生の遺骸を再び小塚原から取り出し、毛利家の別荘があった世田谷村若林の大夫山に埋葬しています」

「その話は、長州藩の者なら誰でも知っている。松陰先生の亡骸を罪人と一緒にしておくことはできんだろう」

「この二度に渡る遺骸の盗難劇に、伊藤俊輔、すなわち伊藤博文だけが、二度とも参加しています。常識的に考えれば、伊藤は松陰先生のことを師として尊敬しているということになりますね。しかし、不思議なことに、内閣総理大臣となった伊藤は、松下村塾の出身であることを自ら否定している。しかも、伊藤は米欧使節団以降、同じ長州の木戸の許を離れて、あの西郷さんの暗殺を企てた大久保とくっついている。明治六年の政変の時に、犬猿の仲であった大久保と木戸の間を取り持ったのも伊藤だった。伊藤と大久保に共通していることは、自分の野望のためには、手段を選ばないというところではないでしょうか？」

「あなたは何を言いたいのか？」

「いや、これはあくまで、わたくしの推測です。伯爵どのは、わたくしの推測の話をもっと聞きたいですか？」

「……」

　山田は返事をしなかったが、調所は構わず続きを話した。

「長州藩から幕府の評定所に送られたのは、松陰先生と別人だったのではないですか？　それを隠すために三十余人で行列を作った。高杉はその獄中の別人と何らかの情報を共有しなければいけなかった。例えば、幕府が長州にどんな興味を持ち、また、質問に対してどのように返答すべきか、とか。もちろん、遺骸は別人だと悟られぬように取り返す必要があった……。その当時、長州でもそのような噂が流れていたそうですな？」

「わしは、そんな馬鹿げた噂は聞いたことがない」

幕府による斬刑であったとはいえ、先生の遺品が萩に届けられなかったことや、その後の高杉や家老たちの反応を見て、あの当時、確かに一部の弟子の間にも、先生の存命が囁かれていたことは事実であった。

また、江戸の評定所に送る時、大名行列のごとき護衛をした者の中に、「別人が篭の中にいた」と噂する者もいた。

しかし、若かった山田であったが、そのような噂は偉大な先生の存命を願う者の単なる願望であり、そのような非現実的なことを願うより、先生はいつでも自分たちの心の中に生きておられると考えるようにしていた。

「そうですか？　長州では有名な噂だったと聞きましたがね……。それはそうとして、伊藤は松陰先生のことを尊敬していなかったのではないですか？　伊藤が遺骸の奪還に二度も行ったのは、別の理由があったのではないですか？　いや、これはあくまで推測の話です。しかも、このわたしの推測には、一つだけ重大な欠点があります。いやあ、この謎がどうして解けないのです」

「その欠点とは何か？」

山田は思わず、そう言ってしまった。

「やっぱり、聞きたいですか？」

調所は、勝ち誇ったような表情になった。

「……」

山田は、返事をすることができなかった。

「いいですよ、教えてあげますよ。それは、松陰先生の最期があまりにも立派なことです。残された遺書も言動も立派過ぎるのです。いかに高杉が獄外から入れ知恵をしたとしても不可能だと思います。あんな立派な死に方ができるのは、やはり、吉田松陰その人しかいないと思うのです」

その言葉を聞いて、調所に見えないところで、山田は大きくため息を吐いていた。

山田は、改めて「山縣と伊藤の二人には気をつけろ」という木戸の忠告を思い出していた。調所の説明によれば、木戸も斬首直後の松陰先生の亡骸を引き取りに行っている。木戸はあの件に関して何かを知っていたのかもしれない。

今から考えても、あの事件は、あまりにも不自然なことが多すぎた。結果として、自分もあの事件に関与していたことになるのではないか。また、たとえ関与はしていなくとも、軍人であった自分が「大次郎さん」を守れなかったのは、一生の汚点である。

きっと調所は、「梅子」のことも調べあげているのだろう。この先、あの男は何を要求してくるのだろうか。我が家を、そしてこの不安定な日本の国をどのようにしようと企んでいるのか。

問題を少しでも単純化するためにも、「梅子」のことだけは、早く龍子に伝えなければいけない。

湿気が纏わりつく山田の背中には、冷や汗が流れていた。

十三

その後の日本が辿った流れを見ても、岩倉使節団による外遊は、つぶさに欧米列強の栄華の秘訣を探ることができ、新しい日本構築のための方策を定めるために非常に意義深いものであった。

使節の派遣そのものには反論はなかったものの、その随行員の人選には異論が出たようである。太政大臣の三条実美は木戸・大久保の両名が行くことを反対し、井上馨も上司である大久保に、政局に空席を作らないよう渡海を反対した。しかし、新しい日本を構築するには是が非でも欧米列強の国政を直に視察する必要があり、政府の開明派をこぞって連れて行くだけの意義があるとして、岩倉の最終決断により人選は決まった。

留守組には、西郷隆盛を筆頭に、大隈重信、板垣退助、山縣有朋、江藤新平、後藤象二郎、井上馨らが顔を連ねていた。当時の政府内には、開明派と武断派の二極が存在していたが、留守組には武断派が占める形になってしまった。

留守組には極力新規の政策は行わせず、大久保が前もって準備しておいた政策だけを実行するよう誓約させ、人事の異動や増減も極力成さずに、もしも政策や人事に不祥事が起これば、必ず使節団に報告して、指導を仰ぐべきことを求めていた。

しかし、使節団が旅立つと、留守組内では、政策的には征韓論が巻き起こり、また、人事的にも、汚職事件が摘発され、山縣有朋や井上馨などが司法卿の江藤新平の手によって窮地に立たされた。

政治的思想を外遊によって広げた大久保たちは、欧米列強と肩を並べるために国力の増強を最優先とし、対外政策に関しては友好を持って接することを重んじていた。一方で、留守組には直面する士族の苦境を脱すことが優先事項となっており、征韓論などという無理な政策が一人歩きしていた。

日本からの僅かな情報は入るものの、使節団は日本の状況とは関係なく、旅程を進めていくしかなかった。

一行は、サクラメントで十二泊して州議会を表敬訪問し、州政府の仕組みを学んだ。その後は、大陸をひたすら汽車で東に向かった。

亜米利加では、特に南北戦争が終わった直後から、政府の後押しで鉄道網開発が促進された。多額な民間資金も投入され、急速に全国的な蒸気鉄道網が設置されていった。岩倉使節一行の大陸横断は、そんな鉄道事業拡大の最も華やかな時期と重なっていた。

シェラネバダ山脈を越え、ネバダ州を横断し、十二月二十六日（一八七二年二月四日）の早朝に、ロッキー山脈の西麓にあるユタ地区のオグデン駅に到着した。

その当時のユタは、まだ州にもなっておらず、オグデンも人口三千人ほどの小さな町だった。オグデンに着くまで、シェラネバダ山脈を越える最中の外気は吹雪いて寒く、一面の雪景色だったが、客車の窓ガラスは二重で蒸気暖房も良く効いていたから、日本では想像もつかない、銀世界を眺めながらの快適な汽車の旅を続けることができた。

オグデンを出ると、いよいよロッキー山脈を越えることになるが、前路に大雪が降り、線路が雪に埋まり汽車が動かなくなった。一行はオグデンの南にあるユタ地区の中心都市であるソルトレイク・シティのホテルで、除雪を待つことになった。


想定外の滞在地となったソルトレイク・シティは、異端の町であった。

町の中心部には、その名の通り、塩分が強く魚が棲めないソルト・レイク（塩湖）が広がり、キリスト教の一派であるモルモン教の本拠があった。人口は一万四千人もいるとの報告を受けたが、道路は整備されておらず、さながら西部開拓の前進基地のようであった。

一行は、モルモン教の教主であり、この町の創設者であるブリガム・ヤング氏を訪れた。モルモン教の始祖はスミスであったが、彼が倒れた後は、その甥であるヤングが跡を継ぎ、教義を確立し、教団を作って布教に努めていた。

しかし、その教義の特殊性から、自由の国亜米利加においてでも、異端として紐育《ニューヨーク》から迫害され、この地に逃れていた。モルモン教が異端と扱われる最大の理由は、一夫多妻主義をとっていることである。七人の妻を持たないと天国に行けないという教えに基づき、ヤングも当時七十余歳ということであったが、十六人の妻と四十八人の子供を持っていた。日本でも妾を囲うことが珍しくはなかったが、この宗教の異常さに誰しもが目を見張った。

開通には数日が要すると見られ、ソルト・レイク市主催の歓迎行事が、急遽行わることになった。

山田は事前に配られた歓迎会の席次を見て、まずいと思った。山田は、伊藤と、司法大輔の土佐藩出身の佐々木高行と同席になっていたのだ。

土佐藩出身の佐々木は、いわば保守派の代表格のような存在であった。保守派にしてみれば、徳川二百七十年の旧体制を覆し、矢継ぎ早に欧米文化を移植しようとする若手の開明派たちの行動に辟易としていた。

そもそもこのような保守派の人間を使節団の随員に加えるという人選は、保守派と開明派の融合を図るという岩倉の戦略ではあったが、旅程の始まったばかりのこの段階においては、ただただ軋轢が生じるばかりであった。

佐々木は、使節が出発する前から、若手の開明派たちを、やたらと飛び跳ねるアラビア馬に例えて非難していた。最も馬力のあるアラビア馬として批判の対象としてきたのは、長崎で仕込んだ西洋知識を基に弁舌を振るう大隈重信と、傲岸《ごうがん》不遜の行動力で疾走する伊藤であった。

——明治五年（一八七二年）十二月三日を以って、明治六年（一八七三年）一月一日とす——

明治政府は、明治五年十一月九日（西暦一八七二年十二月九日）に改暦詔書を出した。布告から施行まで、わずか二十三日という異例な詔《みことのり》であった。

この改暦詔も、アラビア馬である大隈重信の策である。

脱亜入欧の富国強兵が急務だった日本において、日本暦と西洋暦との間で起こる暦の差は深刻な問題であり、改暦は時流とも言えた。

しかし、大隈がこの詔を推進した真の理由は別にあった。明治政府は深刻な財政危機に直面しており、翌年の明治六年は旧暦で閏月があり、官吏の給料を十三回支払わなければならず、また、太陽暦を採用すれば、明治五年の十二月は二日しかないので、十二月の給料も節約できると考えたためであった。このような、極めて乱暴なやり方で実務をこなしていくのが、アラビア馬たちの手法であった。

「佐々木先生は、血気盛んな僕らをアラビア馬と評されておられましたが、ご自身が亜米利加に滞在されて、いかがでしょうか。少しは考えを変えられましたでしょうか？」

明らかに敵視する相手にも、何食わぬ顔で話ができるところが、伊藤の長所ではあったが、山田はそんな伊藤の節操のないところが好きにはなれなかった。

「われわれのような年寄りが必死になって手綱を締めておるので、落馬事故を防いでおるのじゃ。大怪我をせぬよう、心されよ」

佐々木は、嫌悪の表情をあからさまにして言った。

はっきりと嫌味を言われたので、さすがの伊藤も身体を反転させ、ミンスローと名乗る円卓に同席した現地の市民に英語で話しかけた。

「わたしは、日本を欧米列強と同じにするためには、日本人もキリスト教を信じるべきだと思っております。日本と欧米にはたくさんの差がありますが、その根本的な原因はキリスト教を信じているか否かにあると思っております」

ミンスローは友好的な表情を崩さず、伊藤の発言にしきりに頷いていた。

隣の通訳代わりの事務官が伊藤の発言を翻訳すると、佐々木の表情はますます厳しくなった。

「……桑港《サンフランシスコ》でいくつかの教会を見学しましたが、十字架で繋がれ血を流しているキリストの像や、生々しく処刑される場面を再現した油絵をたくさん見ました。こういう残酷さや原罪という考えは、われわれ日本人には理解しづらいのではないかと思いますが……」

山田が素直な意見を述べると、ミンスローは興味深く事務官の通訳を聞いていた。

「山田君、欧米の人たちにしてみれば、腹を切る侍の方が、残酷で野蛮に思えるだろうよ。日本も欧米風の風俗文化を取り入れなければ、条約改正は難しい。そのためには、われわれは、古めかしい思想や価値観の壁を取っ払わなければいけない。先日も、わたしは、キリスト教の解禁は言うに及ばず、日本の国教をキリスト教に変えたらどうだと、岩倉大使に進言しておったところだ」

伊藤は、山田からの反論を打ち消すように、大声で笑ってみせた。


大政奉還の翌年、明治元年三月十五日（一八六八年四月七日）に、明治政府は五榜《ごぼう》の掲示を出した。そこには、いくつかの政策において、徳川幕府の政策を継承することが記されていた。

切支丹《キリシタン》・邪宗門《じゃしゅうもん》厳禁は、その第三項において継承されることが宣言されていたので、明治政府もキリスト教信徒を弾圧し、流罪としていた。キリスト教の禁教に関して、欧米諸国からの非難も相次いだので、禁教令の廃止の議論は活発になっていたが、日本の国教をキリスト教に変えることまでを主張するのは、日本広しといえども、伊藤ぐらいであっただろう。

伊藤にしてみれば、モルモン教徒という敬虔な信者たちを前にして、その場を盛り上げるための発言であったのだろうが、それを聞いたミンスローは、通訳を通じて意外な発言を返した。

「お見受けするところ、あなたがた日本人は亜米利加より長い歴史を持ち、礼儀というものを知っておられる。教養も文化も充分にお持ちである。わたしが考えるに、元来宗教というものは、人間の持つ野蛮な性質を制限するために必要とするものです。あなたがたがどのような宗教を信じておられるのか存じあげないが、おそらく、日本に足りないものは、技術や法律であって、道徳や宗教というものについては、むしろわれわれの方が勉強させてもらわなければいけないと思うほどです。世界には様々な人間が住んでおります。それぞれの人々がそれぞれの人々に合った宗教を持てばいいのであって、世界中の人々が同じ宗教を信じる必要はありません。今さら、他国の宗教を採用する必要がどこにあるのでしょうか。しかも、キリスト教と一口に言っても、様々な宗派が存在します。欧州の歴史を見ても、亜米利加におけるわれわれモルモン教への迫害の歴史を見ても、異なる宗派間で生じる問題ほど残酷で無意味なものはありません。今信じておられるものを大切になさった方が宜しいかと……」

その言葉を聞いた佐々木の喜びようはなかった。

外国生活の長い伊藤は、使節団の中でも最も西洋かぶれをした存在であったが、このミンスローの発言は、完全に伊藤の高くなった鼻をへし折った。

「不平等条約が改正されるまで、われわれ日本は真に独立国とは言えない。しかし、精神を犠牲にしてまでいたずらに独立しても、それは独立にあらず。そうなることは、欧米の属国になったと同じことである」

佐々木は、意気揚々と一連の会話を結論づけた。

佐々木の発言がよほど悔しかったのか、誰に注意されようが決して会話を止めない伊藤が、その時だけは、目の前のビフテキを無言で食べていた。


歓迎会の終了後、伊藤は山田を自分の部屋に呼んで、先ほどの議論を続けようとした。

今日は座った席が良くなかったと、山田は渋々と伊藤の要求に従うことにした。

特命全権副使である伊藤の部屋は、理事官である山田たちの部屋に比べると、はるかに広く内装も華美であった。

部屋の片隅には、傷だらけの重厚な革製の旅行鞄が無造作に並べられ、その茶色の鞄を見るだけでも、伊藤が海外生活に慣れているのが分かった。

「……そもそも、日本人には宗教心というものがあるのだろうか。維新の前には、われわれは長州の殿様を守るため、また、維新が終わると、天皇陛下のために、命を捧げる覚悟でいる。しかしこの場合、殿様や天皇陛下とは誰のことを言うのか。毛利元親公や明治天皇のことだろうか。われわれが守ろうとしていたのは、そのような特定の人物ではなかろう。われわれが命を賭けて守ろうとしていたのは、殿様を中心とした長州藩という器であり、天皇陛下を中心とした日本という器である。佐々木の爺様は、精神、精神と、やたらと中身のことを問題にされているようだが、われわれ政府の役人がこだわらなければいけないのは、むしろ器の方である。器を守るためには、その中身が神道だろうが、仏教だろうが、たとえ、キリスト教だろうが、関係ないのである。それならいっそのこと、欧米人に理解し易いキリスト教を入れておいたらどうだというのが吾輩の考えである。まあ、こんな根本的なものの見方を、頭の固い佐々木の爺様が理解することは無理なことだが……」

「確かに、今、仮に、天皇陛下が亡くなられたら、われわれは悲しみます。しかし、それで日本が終わりというわけにはいきません。わたしたちは、次の天皇陛下にお仕えすることになるでしょう。そういう意味では、利助さんが言われるように、われわれが守ろうとしているのは、天皇陛下を中心とした仕組みなのかもしれません」

山田は、伊藤の主張を全面的に受け入れたわけではなかったが、彼の主張には鋭い部分があることも、認めざるをえなかった。

それにしても、普段は豪放磊落《ごうほうらいらく》で細かなことは気にしない伊藤が、意外にも執念深い面もあるのだと、山田は驚いた。

「さすが、市さんだ。小さい頃から一緒に学んできた者は違うわい」

「いいえ、わたくしなど、利助さんほど学問に熱心ではありませんでしたから……」

不機嫌だった伊藤がいつもの自信に満ちたふてぶてしい表情に戻ったので、山田は自分の部屋に引き返そうとした。

しかし、伊藤は山田を呼び止めた。

「実は、その市さんに折り入って頼みがあるのじゃ」

伊藤は突然そう言うと、ホテルの部屋のドアを開け、廊下に誰もいないことを確かめた。

その動作を見て、伊藤が山田を部屋に呼んだことに、別の目的があることを初めて悟った。

「何か？」

「本来ならば、これは木戸さんに相談すべきことなのだが、知っての通り、わたしと木戸さんは、最近あまり関係がよくない」

「はあ」

山田はわざと曖昧な返事をした。

条約の改正に関する考えや、あまりにも急激に欧米化を進めようとする伊藤の姿勢に、慎重な性格の木戸が声を荒立てている現場を、山田は何度も目にしていた。

「この手紙を読んで欲しいのじゃが……」

伊藤は、鍵のついた皮製の旅行鞄から一通の封筒を取り出し、一枚だけの便箋を山田に渡した。

手紙の中味は、通り一遍の季節の挨拶に始まり、伊藤の活躍ぶりを褒め、伊藤が東部に来た折には面会をお願いしたいというものであった。文末には連絡先である紐育《ニユーヨーク》の住所が書かれていた。

「これはどなたからの手紙ですか？」

山田が尋ねると、伊藤はその手紙が入っていた封筒の裏側を山田に見せた。

驚くことに、差出人は、吉田寅次郎と書かれていた。

「これは誰かの悪戯でしょうか？」

山田は微笑みを返した。

しかし、普段から冗談ばかりを言っている伊藤の表情は、珍しく強張ったままであった。

「そうではないのだ。市さん、ここだけの話だが、実は松陰先生は……、紐育におられるのだ」

「そんな馬鹿な。それは、薩摩の誰かが仕掛けた罠ではないでしょうか？」

「松陰先生は、黒船で密航を企てて行こうとなされた、この亜米利加の地におられるのだ」

山田は、昔のように伊藤が自分のことをからかっているのだと思った。

しかし、あの当時、一部の弟子の間に、先生の存命が囁かれていたことも事実であった。

「わしも伝馬町で処刑されたのは、松陰先生とは別人であったということは知っていた。しかし、まさかよりによって、この地に生きておられるとは夢にも思わなんだ。昨年、わしが金融制度の調査のために華盛頓《ワシントン》を訪れた時、何人かの留学生が、紐育で、自らを吉田寅次郎と名乗る初老の男に会ったという話を聞いた。もちろん彼らは、その男が夢を見ているぐらいにしか思っていなかったが、日本人と知ると懐かしそうに話しかけてくるし、服装があまりにもみすぼらしかったので、いくらかのお金を渡したそうだ。わしはその話を聞いて、高杉さんが亡くなる時の言葉を思い出した。そこで、ある者に極秘裏に調査を依頼しておいた」

「高杉さんが、何とおっしゃったんでしょうか？」

「あれはまさに死の間際だった。『この先、長州も日本もどうなるか分からないが、もし、倒幕の夢が叶い、自由に外国に行ける時代が来たなら、どこかの国に生きておられる松陰先生を探し出し、宜しく伝えてくれ』と。その場に居合わせた誰もが、死の淵を彷徨っている高杉さんが、松陰先生の黒船による密航が成功したという夢でも見ているのだと思った」

「いくらなんでも……。もちろん、それが本当なら、わたしは、先生にお会いしとうございます。先生にお会いして、日本の進むべき道を教えてもらいとうございます……」

松下村塾では、山田は一番年下であったので、よく皆からからかわれたものであった。今日も懐かしさにかまかけて、伊藤が山田をからかっているのではないかと半信半疑であったが、伊藤の表情があまりにも真剣であったので、ひょっとしたらと思い始めていた。

「しかし、市さん。松陰先生が生きているからと、手放しで喜べないのも事実ではなかろうか。先生がいつから亜米利加に住んでおられるのか分からないが、いったい、あの純粋で過激な先生が、今はどのような考えを持っているのか想像もつかない。昔のままなのか、あるいは、亜米利加に来て変化したのか。一方で、今の日本政府の中にはいくつもの派閥ができている。こんな状況で、西郷さんに匹敵する長州の大物が突然現れるとなると、例えば、薩摩はどう思うだろうか。土佐も肥前もどんな行動をとるか、皆目見当がつかない……」

「それはその通りです。だからこそ、やはりこの件はまず、木戸さんに相談するのが筋だと思いますが……」

「それが筋ということは充分過ぎるほど理解できるが、何分、木戸さんは、今のわしに対しては、非常に懐疑的になっておられる」

伊藤は、桑港における亜米利加の歓待ぶりを見て、首都の華盛頓《ワシントン》に行ったら一気に条約改正の交渉を行うべきだと、岩倉や大久保に進言していた。

二人も亜米利加側の友好的な姿勢を感じて、伊藤の意見に賛成していた。

しかし、元来慎重な性格で、筋を通すことにこだわりを持っていた木戸がこれに反対をしていた。このことに限らず、微に入り細に入り、伊藤と木戸のあからさまな対立は、使節団の中でも有名になっていた。

「市さん、申し訳ないが、木戸さんに相談するのは、二人で先生に会ってからにしてもらえないか。先生の今の考えを確かめてから、相談しても遅くはなかろう」

山田は、伊藤の提案を断る理由はなかった。

大雪のために、結局、ソルトレイク・シティには十八日間も缶詰になってしまった。

オグデンから汽車に乗り東に向けて再出発することができたのは、明治五年一月十四日（一八七二年二月二十二日）のことであった。

十四

音羽の森には、朝からまとまった雨が降っていた。

この雨によって、山田が司法大臣を辞した日から続いていた異常な蒸し暑さはようやく収まったが、梅雨の鬱陶《うっとう》しさは、まだまだ続いていた。


「旦那様、また、あの者が玄関に……」

龍子が、書斎のドアを開けた。

山田は、司法大臣の辞職の挨拶文を書いていた。

それは、政界に復帰するという山田の決意表明でもあった。

「調所のやつか？」

「留守だと言って、追い返しましょうけぇ……」

龍子はそう言ったが、山田がこの望まざる客人を断ることができないことを悟っていた。

「いいんや、応接室に通してくれ」

山田は大きなため息を一つついて、丸善で購入したお気に入りの独逸《ドイツ》製の萬年筆を机の上に置いた。

「いゃあ、まったくひどい雨ですな。身体の隅々に絡みつきます」

調所は、応接室の安楽椅子に座りながらも、洋服についた雨水を木綿の帽子ではたいていた。ひっきりなしに降る梅雨の雨粒は透明なカーテンとなって、山田の私邸を下界から遮断しているようになっていた。

「この季節は仕方なかろう。それが日本の梅雨というものだ」

山田は、嫌悪の顔で客人を迎えた。

数々の戦歴を誇る元軍人がこの表情をすれば、通常の人間なら、この場から去りたいと考えるところだろう。

しかし、調所にはそんな威嚇は通じなかった。

「おかげで、大切なこれが濡れてしまうところでしたよ」

調所は、山田の眼光に屈することもなく、努めて朗らかに応えた。

そして、懐から油紙を取り出し、中のものをテーブルの上に広げた。それは英語で書かれた古い新聞紙であった。

「伯爵どのは、英語がおできになるのですよね。わたしは横文字がからっきしでして……」

「仏蘭西語なら何とかなるが、英語は得意ではない」

「そうですか。わたしなど、これが英語か仏蘭西語かすらも、分かりません。それで、英語が得意な知合いに訳してもらったら、何でも、これは波士頓《ボストン》の新聞で、波止場で日本人らしき男が殺されたと書かれているそうです。拳銃で三発撃たれたと……」

山田はその新聞記事を見た。英語は完全に理解できるわけではなかったが、知っている単語を拾っただけでも、調所の説明が間違っていないことが分かった。

「おや、伯爵どの、顔色が変わられましたね」

調所の口元が、僅かに緩んだ。

「そんなことはない。ただ、あなたがこの新聞記事と兄上からの手紙にどんな関係があると言い出すのか、考えていたのだ」

「お聞きになりたいですか、わたしの推測を……。いや、そんな話など聞く暇がないとおっしゃるのなら止めますが、どうしますか？」

「生憎《あいにく》、大臣を辞職したばかりで、わしはそんなに忙しくはしておらん。せっかくの機会だから、市民の考えとはどんなものか、聞くのも悪くはなかろう」

自分の強がりも、そろそろ限界に来ていると、山田は悟っていた。

「わたしのような偏屈者の意見は、一般庶民の考えとはかけ離れているとは思いますがね……。まあ、いいでしょう。やっぱり、興味があるんですね。それじゃ遠慮なく話させていただきますが、わたしは、この波士頓の波止場で亡くなった日本人の男性というのは、松陰先生だと思っているのですよ」

「また、その話か。そんな馬鹿な話を、誰が信じるのか？」

「だから、あくまでわたしの推測に過ぎないと言ったでしょう。しかし、この新聞の日付を見てください、一八七二年三月三日って書かれていますよね。ちょうど雛祭りの日ですね。伯爵どのは、この日、雛祭りをどこで祝っておられましたか？」

「我が家には、女の子がおらんので、雛祭りなどしたことがない」

「それはそうですね。伯爵どのにはお子様がいらっしゃいませんから……。いや、より正確に言いますと、このお屋敷には女の子がいらっしゃらないので、と言うべきでしょうか？　まあ、それはそうとして、わたしの方でこの日付を調べましたら、伯爵どのも、そして、伊藤博文も、亜米利加に、しかもこの波士頓《ボストン》に滞在しておられましたね」

「一八七二年は、米欧使節団の随員として、確かに亜米利加におったとは思うが……」

やっぱり、調所は「梅子」のことを知っていた。

しかし、その不安をこの男に見せるわけにはいかない。山田は、平然を装った。

「それはそうとして、どうして、この亡くなった日本人が松陰先生だということになるのか？」

「わたしの推測を聞きたいですか？」

「本当に面倒な奴だ。いいから話せ……」

「実は、伊藤は、この前年の一八七一年、すなわち、明治三年にも金融財政制度の調査のため、訪米しているのです。そして、その時に当地で森有礼《ありのり》に会っているのです。伊藤内閣設立の時に初代文部大臣を務め、憲法発布当日に暗殺された、あの森有礼です。森は薩摩出身で、薩英戦争の後、攘夷から開国に路線を変更した薩摩藩の方針で英国に留学し、ちょうど明治三年には、駐米代理公使として華盛頓《ワシントン》に駐在していたのです」

「わたしも華盛頓で森さんに会ったが、その森さんがどうした？」

「森は、英語が堪能で、当時は開明派の中心人物で弁が立ったのですが、とにかく、口が軽かった。おかげで薩摩にいた保守派の人間たちにも、彼がやっていることが筒抜けだった。明治三年に留学生の間で松陰先生が紐育で生きているという噂が流れ、それを聞いた伊藤が、よりによってこの森に調査を依頼し、翌年伊藤が再訪米した時に引き合わせたようなのです……」

「それも、あなたの推測ではないか？」

「いや、これは推測ではなく噂です。しかも、わたしの分析によれば、伊藤にしても森にしても、その当時、松陰先生が生きているということは、非常に都合の悪いことでした」

「それは、二人が条約改正の交渉をしようと計画していたことを言っておるのか？」

「その通りです。そもそも、留守組に対しては、国内の重要案件の決定を棚上げにすることの交換条件として、使節団は条約の改正の地ならしのためだけという約束で米欧に出発したはずです。伊藤にしても森にしても、留守組が騒ぎ出す前に条約改正の吉報を突然知らせるというのが最善の方法だったわけです。そんな時、あの松陰先生が現れたら、ややこしいだけではないですか」

「それであなたは、二人が波士頓の港で松陰先生を殺害させたと言うのか……。それはあまりにも論理が飛躍しておらんか？」

「ええ、そうだと思います。私の論理は、アラビア馬の如く飛躍しております。だから断定はしておりません。しかし、わたしが心配しているのは、この兄からの手紙と新聞の切り抜きを、どこかの記者が手にしたら、結構な騒ぎになるのではないかということです。ある日本人が波士頓で殺された日、偶然にも伯爵どのと伊藤が波士頓にいた。伯爵どのは、松陰先生のことを今でも尊敬し、あのように先生からもらった扇面詩を大切にしている。しかし、松下村塾出身である伊藤は、なぜか塾出身だということを否定している。しかも、その当時、伊藤にとっては、松陰先生の存在が邪魔だった。わたしじゃなくても、これは伊藤が何か企んだと考えるのが普通ではないでしょうか……。今の松方内閣は風前の灯だということは誰もが分かっています。黒幕は伊藤です。その伊藤が、こともあろうに維新の大恩人である松陰先生の殺害に関与していたなんて……。考えてみてください。西郷さんが生きていて露西亜皇太子とともに日本を攻めてくるというあんな根も葉もない噂だけで、あの騒ぎですよ。たとえこの話が真実でなくても、新聞各紙はあれやこれと書きたてることでしょう……。残念ながら、日本の新聞記者などはその程度ですし、日本の国民もその程度なのです。だから大臣様のお妾に子がいたぐらいで、大騒ぎするのでしょう。全くくだらない国民です」

「調所君、あなたは一体何を企んでいるのかね？」

山田の喉は、乾ききっていた。

「失礼ながら、伯爵どのは士族の末路をご存知ですか？　廃藩置県によって、各藩の軍備は解除され、藩からの俸禄は無くなり、食うや食わずの生活に落ちぶれました。維新を成し遂げた原動力は尊王攘夷を唱えた勤皇の志士たちです。しかし、政府の役人たちが打ち出した国の在り方は、その礎を作った志士たちの思いや利益を否定するものばかりだった。気がついてみれば、西洋化とは士族の特権を剥奪することだったのです。しかも、政府の役人たちは、そんな犠牲を横目で見ながら、私腹を肥やすことばかり考えています。西郷さんは、そんな状況を嘆いて、自らが捨石になることを選ばれたのです」

「わしも、同志の前原さんと戦った。だから、あなた言われる不満も分からないではない。若い頃、前原さんとわしは一緒の夢を見た仲間だったのじゃ……」

——夢が破れた。同志が苦しみ嘆いている。国中不満だらけではないか——

山田の耳底には、前原と最後に会った時の言葉が響いていた。

「前原一誠と言えば、松陰先生の門下生で、久坂玄瑞や高杉晋作と並ぶ、長州勤皇倒幕派の指導者でしたね」

「わしにとっては、かけがえのない大先輩であった」

「長州では、前原さんのことを尊敬していた人は多かったと聞きます。しかし、伊藤はどうでしょうか。今や日本国政府の権力の中枢に君臨していますが、伊藤に恨みを持っている者は多いと思いますが、尊敬している人はいないのではないでしょうか。伯爵どのもそうでしょう。憲法創設にあたり、伯爵どのが主張なさった三権分立の考えは、少し法律を勉強した者なら誰でも理解しています。しかし、伊藤は伯爵どのと議論することを避け、天皇による鶴の一声を使って、大日本帝国憲法の骨子を一人で決めてしまった。違いますか？」

「何を言いたいのか？」

「ええ、何度も言いますが、全ては推測の話です。ただ、もし松陰先生が御存命だったら、お会いしたかったと思います。そして、今の日本の状況に関して、是非とも意見を拝聴したかった。これが、先生の考えておられた日本の国ですかと……。いや、今日は少し話しすぎました。あまり長居しますと、伯爵どのの奥様に怒られますから……、あの奥様が怒られたら怖そうですものね……。それでは、また来ます」

調所は、いそいそと白亜の屋敷を後にした。

不思議なことに、今日も調所が座っていた椅子からは、甘い残り香が漂っていた。山田は、その異様な甘い香りに、胃の中のものを吐きそうになっていた。

十五

岩倉使節団一行は長い鉄道の旅を終え、華盛頓《ワシントン》に到着した。

しかし、山田と伊藤は、紐育《ニューヨーク》郊外にあるウエスト・ポイント陸軍士官学校を訪問するという名目で、二人だけで早々にその地を出発した。

翌日の早朝、紐育とはハドソン川をはさんだ対岸にあるジャージー・シティー駅に着いた。この駅は紐育に渡る基点になるので、喧騒を極めており、山田にしてみれば、これほど多くの人間が一つの場所に集まり去っていくのを生まれて初めてみた。

鉄道駅から馬車に乗り換えて波止場に着くと、波止場と同じ高さのフェリーの甲板に馬車ごと引き込まれるだけで乗船が終わった。待合室の建物に入って馬車が停止したと思っていると、実はもうそこはフェリーの中で、四方が水面になったかと思うと、瞬く間に紐育に着いていた。その手際のよさと設備の巧妙さに、二人は愉快この上もないと思わず声をあげてしまうほどであった。

ブロードウェイ大通りは、紐育第一の、すなわち全米一の繁華街で、煉瓦舗装の広い道を乗合馬車が、大河の流れのようにひっきりなしに走っていた。四、五台の馬車が並走するのは常で、後から追い越すと思えば、横から回り込み、御者がその操縦の腕を競っていた。

紐育は、何から何まで混雑と喧騒の街である。伊藤が手配したグランド・ホテルの部屋に入っても、通りに面した窓を開けると、馬車の大音が鳴り響き、二人の会話が通じないほどだった。

「利助さん、松陰先生は、本当にこの地にいらっしゃるのでしょうか？」

山田は、自分の声が届くように、口に手をあててしゃべった。

「間違いない。既に裏どりの調査もしてある」

「そうですか……」

山田はここまで来ても、この話には半信半疑であった。

「市さん、紐育にはたくさんの留学生がおる。これから先生の名前を言うのは止めにしよう……。先生の幼名である、寅之介、松次郎、大次郎……、そうだな、大次郎が良かろう」

「大次郎さんですね。了解しました」

「それから、今から遊郭に行くので、付き合ってもらいたい」

伊藤は、その細い目を吊り上げて、何かの合図をした。

「亜米利加にも、遊郭があるのでしょうか？」

山田は、伊藤の行動と言葉に完全に翻弄されていた。

「市さん、あんたは世界というものがどうなっているのかまだ分かっていないらしいな。わしが知るところによると、世界中どこの国に行っても遊郭のない国はないし、有史以来、そういう商売が途絶えたことはないはずだ。紐育の遊郭はすごいぞ。金髪、銀髪、もちろん黒人や中国人もおる」

「利助さんは、もう行かれたのですか？」

「ああ、昨年の訪米の時に、下準備は終了しておる」

「そうですか……」

　松陰先生、すなわち、大次郎さんがこの地に密航を企てて囚われの身となってから、まだ二十年も経っていなかった。しかし、その弟子が、今やこの地で女を金で買おうとしている。山田は、時の移り変わりの早さを実感せざるをえなかった。

「なあに心配することはない。もちろん、今日のところは、遊郭に行ったことにして、そのまま裏口から抜けて、大次郎さんの自宅に向かう。楽しみは後にとっておこう」

　伊藤という男は、山田には真似のすることができない、実に大胆な戦術家であった。誰かに後をつけられても、行った先が遊郭だとすれば、誰もがその行動に納得するだろう。伊藤ほど他人から自分がどのように思われているかを客観的に判断できる人間はいなかったし、その風貌には似合わず、常に最悪の危険性を考えることができる細心さを兼ね備えていた。

　実際のところ、伊藤の細心の気配りは取り越し苦労ではなかった。

　人の群れでごった返していたグランド・ホテルのロビーには、日本人らしき東洋人が三人おり、二人の姿を遠くから眺めていた。

　伊藤たちが条約改正の交渉を開始するのかどうかは、使節団の中でも注目されていたが、その動きは留学生たちを通じて、そのまま日本の留守政府にも伝えられていた。

紐育の街は、京都の街と同じように、道路が碁盤の目のように走っていたので、通りと番地さえ分かれば迷うことはない。

しかし、ある程度の想像はしていたことではあったが、手紙に書かれた住所のアパートメントの近くに行くと、二人は驚きのあまり、口をそのままあんぐりと開けていた。

まるで、今歩いてきたどこかの通りに国境でもあったのかと疑ってしまうほど、ある処を境に白人の街が急に有色人種の街に変貌した。

糞尿の匂いが立ち込め、道路は汚水で湿っていた。街には活気はなく、赤ん坊の泣き声だけが哀しく響いていた。目の色だけが白い黒人たちが、襤褸《ぼろ》布をまとい、生きていくことに疲れたように、会話もなく、視線も動かさず、茫然と歩いている。

煉瓦造りのアパートメントの壁に番地を示す数字を見つけると、二人は階段に座り込んだ子供たちをかき分けながら二階に進んだ。山田は英語が分からなかったが、その子らは、おそらく金でもせがんでいるのだろう。哀愁に満ちた子供たちの目が力なく何かを訴えていた。

二階の廊下の一番奥の部屋の番号が、手紙に書かれたアパートの部屋の番号であった。

伊藤が、ドアをノックした。

このドアの向こうに、本当に大次郎さんがいるのか？

山田は、これは夢ではないかと思った。

ドアの向こうから現れたのは、褐色の肌をした肉つきのいい若い女だった。

「Is Mr.Yoshida here ?」

伊藤が、山田にもはっきりと聞き取れる、お世辞にも流暢といえない英語で尋ねた。

その若い女の声で、一人の男が奥から現れた。

「おお」

男は、二人の姿を確認すると、その場で立ちすくんだ。

「先生」

伊藤が、その男に歩み寄った。

山田は男の顔を見ても、それが現実の出来事だと、まだ信じることができなかった。

「これはこれは、よー、おいでました。さあさあ、中へ」

男は二人を奥へ通そうとしたが、ドアの向こうには一つの部屋しかなかった。

窓枠には、その若い女の趣味なのか、赤や青の派手な原色のカーテンがかかっていた。

部屋の隅に一つだけ置かれた鉄製のベッドの背の部分の上には、小さな絵が貼られていた。その姿は聖母マリアだとは思われたが、顔の色がその若い女と同じ褐色に塗られていたため、はっきりと断定することができなかった。

「こねーに狭いところじゃ、あがきがとれんっちゃけど、さあさあ、伊藤さん、山田さん」

男は太っていた。

面長だった顔にも肉がつき、すっかりと輪郭までが変わっていた。

年下の人間であっても「さん」づけをする丁寧な話し方と、大げさな笑顔がなかったら、別人と思うところだった。

しかし、その太った初老の男は、間違いなく大次郎さんであった。

「お懐かしゅうございます」

山田は、感動と驚嘆のあまり、それ以上の言葉が出なかった。

亡くなったと思っていた師匠が、こんな姿になって突然現れたのだから、無理もなかった。

「お元気そうで、何よりです」

伊藤が大次郎さんに右手を差し出すと、大次郎さんはその手を強く握り返した。

伊藤は感動しながらも、冷静な対応をしていた。

「いやあ、お二人とも、見違えるように立派になられた。僕は……、本当にうれしい限りです」

大次郎さんのあばたの頬には、大粒の涙が流れていた。

感動すると所構わず涙を流すのも、自分のことを「僕」と呼ぶのも、昔のままであった。

山田も涙腺に熱いものを感じたが、どうにか堪えることができた。大次郎さんがあまりにも大泣きするので、山田はかえって冷静さを保つことができたのかもしれない。

「……失礼ながら、あのご婦人は？」

伊藤が、顎の先でその婦人を指しながら尋ねた。

何でも平気で言えるのが、伊藤の長所と言えば長所であった。

「ああ、マリアのことですね。お恥ずかしながら、一緒になって、かれこれ七年になりますか……。

マリアや、ここに来て、ミスター・イトウとミスター・ヤマダに挨拶をしなさい」

大次郎さんが、部屋の隅で心配そうにこちらを眺めている彼女に声をかけた。

山田の計算が合っていれば、大次郎さんは今年で四十三才になっているはずである。三十歳で斬首されているので、三人は十三年という時間の空白を埋める必要があった。

「ワタシノ　ナマエハ……、ヨシダ　マリア……デス」

大次郎さんの奥さんは、恥ずかしそうに、たどたどしい日本語で挨拶をした。

肉付きの良い体型は日本人とは異なっていたが、長い髪と黒い大きな瞳に親近感を覚えた。

「こちらに来たばかりの頃は、日本からの送金もあったのですが、三年もしないうちに、なくなってしまいました。世話をしてくれたカンパニーのマネージャーに文句を言うと、長州は無くなったと、それ以上とりあってくれなかった。英語もできない僕を助けてくれたのが、墨西哥《メキシコ》からの移民のマリアでした。お恥ずかしながら、日本にいる時には、お金のありがたさというものには、気もつきませんでした。お金がないということは、本当に惨めなものです。そんなことも含めて、少しずつ色々なことを学ばせてもらっております。マリアは僕のために仕事を見つけてくれ、この通り、赤貧洗うが如しの生活ではありますが、どうにか生き延びています」

「先生は、どのような仕事に就かれておられるのですか？」

「ええ、仕事と言っても、英語もろくにできませんから、波止場や建設現場の荷物運びですよ。こちらの言葉では、そういう仕事をレッド・ネックと言うのです」

大次郎さんは、頭を下げ、真っ赤に日焼けした首を二人に見せた。

「先生が、そのような肉体労働をなさっておられるのですか？」

「そうですよ。生きるためなら何でもやりますけぇ。僕は昔から語学の才能が無かったのですが、和蘭《オランダ》語が苦手な者は英語も苦手のようです。若い頃、もっと語学を勉強しておけばよかった。それだけが残念です」

山田は、書物の前で正座している大次郎さんの姿を思い出していた。

あの凛とした姿に山田も他の塾生たちも憧れを持っていた。

しかし、大次郎さんが語学を苦手にしていたことは初耳であった。

「お会いしたばかりで、大変恐縮ですが……、先生は、日本の状況をどこまでご存知なのでしょうか？」

伊藤は、抜け抜けとこういう失礼な質問ができる男であった。

「いやあ、ほとんど理解してないと思いますよ」

大次郎さんは、その太くたるんだ腕で頭を掻いた。

「こちらの新聞にも日本のことはよく書かれていますので、図書館でそれらを読むようにはしているのですが、何分、僕の語学の力では理解できません。マリアにも記事を読んでもらって、簡単な言い回しに直してもらって理解しようとしているのですが、どうも……」

「そうでしたか」

「伊藤さん、そう言えば、あなたの名前を新聞で見つけましたよ。しかし、この人は僕の友人だとマリアに言ったのですが、信じてもらえませんでした」

「先生、徳川幕府が倒れたことは、ご存知でしたか？」

「それは、何とか分かりました。薩摩藩と長州藩が力を合わせて、天皇中心の新しい政府を作り、そして、伊藤さんが日本の新しい財政制度を作る準備のために華盛頓《ワシントン》に来たことも知っていました」

大次郎さんは、これがあのミスター・イトウだと、若い妻に説明しているようであったが、彼女はしきりに首を横に振っていた。

「僕がどうしても理解できていないことは……、こちらの新聞によると、長州藩が幕府や外国の戦艦からも攻撃を受け、滅亡したことになっていることでした。しかも、その滅亡したはずの長州藩が突然復活して、今度は、あの薩摩藩と手を結び、幕府を倒したことになっている……」

「幕末の歴史は非常に複雑な動きをしました。当時は、わたしたちもよく分かりませんでした。無我夢中で全速力で駆け抜けたら、想像もしなかった山の上に登っていたというわけです」

伊藤が苦笑いをしながら、応えた。

「僕は、新聞記事の内容を何度もマリアに確認しましたし、図書館に来ている知識のありそうな紳士を掴まえて質問もしましたが、そうだと言うのです。そしたら、突然、伊藤さんが亜米利加にやって来て、来年には大使節団も華盛頓《ワシントン》にやって来るという記事を見つけたのです。わたしたちには華盛頓に行くお金もないし、また、実を言うと、マリアは不法移民で、正式な査証《ビザ》を持っておりませんので、この地を離れると警官《ポリス》に逮捕される可能性もあります。そこで、華盛頓の日本公使に手紙を送らせていただきました。いやあ、その住所を調べるのも大変でしたよ」

「実はわたくしも、先生が幕府に囚われた後に、長州から英国に隠れて留学した経験があります。しかし、手違いで船員として働かされました。英語もできずに大変でしたが、あの時は仲間が五人いましたから何とかなりました。しかし、先生の場合はお一人だったわけですから、大変さはよく分かります」

「いやあ、お金のありがたさが身に沁みました」

大次郎さんから、お金の話が出ること自体、山田には信じられないことであった。

「ところで、松下村塾で一緒に勉強した皆様はお元気なのでしょうか？」

「皆様と、おっしゃると？」

「ええ、例えば、久坂さんはどうですか。元気なのでしょうか？」

大次郎さんは、その名前を懐かしそうに言った。

山田と伊藤は、顔を見合わせた。

「誠に残念なことですが、久坂さんは亡くなられました」

伊藤が応えた。

「えっ……」

大次郎さんの視線は静止した。

「久坂さんが亡くなった？」

大次郎さんは、その言葉を自分自身に投げかけているようだった。

「先生が、日本を発たれたのはいつのことでしょうか？」

「……安政五年、一八五八年です……。そうですか、あの久坂さんが……」

大次郎さんは、久坂が亡くなった事実をにわかに受け容れることができないようであった。

「安政七年に、尊王攘夷派を弾圧してきた大老井伊直弼が江戸城桜田門外で暗殺され、一連の安政の大獄は終結しました」

「井伊直弼が暗殺されたのですか？」

「ええ」

「誰が、彼を暗殺したのでしょうか？」

「水戸藩士十八名です」

「水戸か。水戸ならそういうことをやりかねませんね。それでどうなりました。大老がいなくなったら、幕府は大変なことになったはずですね」

大次郎さんはどうにか久坂の死を受け容れ、日本の国が歩んできた道程に興味を示し始めたようであった。

「各地で攘夷が実践されるようになりました。そんな中で、わが長州藩は、朝廷内部の工作に成功し、五月十日を正式な攘夷決行の期限として将軍家茂に約束させました。また、薩摩藩も島津久光公の行列を騎馬の英吉利《イギリス》人が乱したとして、東海道の生麦で白昼堂々とその英吉利人を斬殺しました。そして、期限の五月十日には、長州藩は攘夷を決行し、亜米利加、仏蘭西、和蘭《オランダ》の船を砲撃しました。しかし、この先は先生も既にお分かりだと思いますが、薩摩も長州も外国から報復攻撃を受け、徹底的に痛めつけられました。欧米列強の軍事力の前では、われわれの抵抗も一溜まりもありませんでした」

「日本にいた頃の僕は、みなに夷人を討てと言ってきました。今となっては、顔から火が出るくらい恥ずかしいことです。井のなかの蛙にも及ばないほどの無知でした。僕は日本人の精神力と日本の入り組んだ地形を利用して接近戦にさえ持ち込めば、勝機があると信じていました。軍事力の差は、大人と子供、いや、大人と赤子のようなものだった。兵法学者を名乗っていた自分が、本当に情けなく思います」

「いや、あの時は、先生だけではありません。日本中の誰もが尊王攘夷という言葉に酔っていました」

山田が、大次郎さんを慰めた。

「それで、薩摩は戦った英吉利との講和交渉を行い、友好な関係を築きあげます」

伊藤が、話を元に戻した。

「薩摩という藩は、昔からそういう臨機応変なところがありますね」

「ええ、それで問題はわが長州藩です。今度は薩摩と会津が朝廷内の工作を行い、われわれが朝廷から追われる立場になってしまったのです。公家たちは外国の戦艦による攻撃に怖じ気づき、攘夷運動の中心であった長州藩を排除することでお茶を濁したのです。もちろん、われわれも抗議をしました。藩の中も割れました。そんな中で、真木和泉《まきいずみ》や来島又兵衛《きじままたべえ》が中心となって、挽回のために武力で朝廷に迫ったのです。忘れもしません。元治元年、一八六四年七月のことです。京都守護職であった会津藩との戦いは熾烈を極め、特に蛤御門《はまぐりごもん》口の戦闘は激しく、最初こそ長州側が優位に戦いを進めていたのですが、薩摩藩兵の突然の来襲により、形勢は一気に逆転されてしまいました。この戦いで多くの同志が亡くなりました。久坂さんもこの戦いに参加され、負傷なされ、敗戦を見届けられてから、自刃なされました。わたしは久坂さんの最期を見届けることはかないませんでしたが、多くの同志が志半ばで死んでいくのをこの目で見ました」

「久坂さんは、自刃をしたのですか？」

「はい、立派な最期だったと聞いております」

大次郎さんは絶句した。

そして、気持ちを整えてから、言葉を噛みしめるように、こう言った。

「……彼を殺したのは、この僕ではないか。あの聡明で真っ直ぐな青年をそこまで追いやったのは僕のせいだ。こんな世間知らずの大馬鹿者の言葉を信じてしまったばかりに……。僕はこの責任を、どうやってとればいいのだろう……」

大次郎さんは嗚咽して、時折、意味の分からない英語をしゃべった。

山田も伊藤も、かける言葉を失っていた。

大次郎さんにとって、久坂さんは、それほどかけがえのない存在であったのだ。


正気に戻った大次郎さんが言ったのは、次の言葉であった。

「高杉さんはどうなさいました。まさか、彼の性格なら、自刃はしないでしょう」

「高杉さんは病気で亡くなられました」

「えっ、高杉さんも……」

大次郎さんの思考は、再び静止したように見えた。

「あの元気一杯だった高杉さんが病気で亡くなられましたか……」

大次郎さんの脳裏には、いつも破天荒な行動をした高杉さんの姿が浮かんでいるのだろうと、山田は思った。

「蛤御門の戦いの後、朝廷は長州征伐を諸藩に命じます。あの戦いで長州は、朝廷に弓を引いたことになってしまったのです」

伊藤が、再び話を元に戻した。

「ちょっと待ってください。朝廷が、わが長州藩を征伐せよと、命じられたのですか？」

「ええ、長州藩は朝敵となったのです。それは信じ難い事件でした。われわれには朝廷を最も敬ってきたという自負がありましたから。それが……」

「それでは僕の信じていた正義も、信念も、戦術も精神も、何から何まで、間違えだったということになりますね……」

「……いや、そんなことはありません。その証拠に先生の弟子である高杉さんは、その後大活躍をなさいました。四ヶ国連合艦隊による馬関攻撃の後、幕府に恭順する派が藩政を握りましたが、高杉さんは、奇兵隊以下の諸隊の軍事力を背景に藩庁を奪取し、同時に薩摩との同盟の締結を成功させ、幕府軍を各処で敗退させました。そして、将軍家茂の死を契機に、長州征伐の失敗が決定的になりました……。それで幕府の権威は完全に失墜しました」

「すみませんが、その奇兵隊というのは何でしょうか？」

「奇兵隊というのは、不正規な軍隊でして、高杉さんの発案により、農民や町人から有志を募って組成されました」

「それは、西洋における軍隊と同じですね？」

「その通りです」

「さすが高杉さんです。そういう考えを僕は思いつきもしませんでした。軍隊と言えば、侍の仕事としか思っていませんでしたからね」

「そうです。先生の弟子の高杉さんが、あの徳川二百六十年の歴史に止めを刺したのです」

「伊藤さんがおっしゃりたいのは、徳川幕府を倒したのは、高杉さんの功績だということでしょうか？」

「その通りです」

「僕は高杉さんと一緒に勉学や議論をしましたが、高杉さんは僕の弟子なんかではありません。むしろ、僕は高杉さんという人間に憧れ、いや、正直な話をすると、妬みのようなものさえ持っていました」

「先生が、高杉さんに妬みを？」

山田は、大次郎さんの言葉を思わず復唱してしまった。

「ええ、英語でコンプレクス（Complex）という言葉があります。こちらに来て、マリアに教わりました。僕の語学力では上手く日本語に訳すことができないのですが、己のことを卑下するとか、劣等な気持ちを持つということのようです。最初にこの言葉を聞いた時、僕はまさにこれだと思いました。そして、すぐに高杉さんの顔を思い出しました。例えば、覚えておられると思いますが、高杉さんは女性から非常に人気がありましたし、彼ほど女性を大切にする人はいなかったと思います」

「わたしが高杉さんに女性のことで質問した時、『この世の中の半分は女《おなご》なのに、女の気持ちも分からない者が、世の中を分かるはずもない』と言われたことがありました」

山田の脳裏には、あの時の高杉の姿がはっきりと映し出されていた。

「それは、いかにも高杉さんの言いそうなことですね。見ての通り、僕はあばた顔で、今でこそ肉付きがよくなりましたが、あの頃は骨と皮だけのひ弱な男でした。本音を言えば、彼のような人間に憧れていました。しかし、僕は子供の頃から伯父の玉木文之進から、侍になるための苛烈で徹底的な教育を受けてきました。『人間というものは公的にのみ生きている。肉体は私物ではあるが、この私物を挙げて公的なものに使用しなければいけない。女性というものは無用であるところか、肉体を公的なものに捧げるための悪でしかない』と。僕も年が経つにつれ、そんな伯父の考えに矛盾を感じなかったわけではありませんでしたが、僕のような男に女性が気を向けてはくれません。それなら、伯父の教えに従った方が気が楽だと思うようになりました。今から考えれば、僕の思考の根底には、コンプレクスというか、自分を傷つけたくないという自己愛みたいなものがあったのかもしれません。僕が主張していた尊王攘夷論も、全くこの女性に対する考えと同じでした。僕はあの巨大な黒船を見て、欧米列強と戦えるはずがないと分かっていたのです。しかし、当時の僕には、それを認める勇気が無かった。強がりを言えば、自分が傷つかないで済むという自己愛が本能的に働いてしまった。しかし、高杉さんは違いました。彼には全くコンプレクスというものがなかった。本来、人の上に立つ人間は、彼のようなコンプレクスのない器の大きな人間でなければいけません。僕のような器が小さく、それでいて声だけが大きい人間が、人に意見や主張を言うべきではなかったのです。本当に反省しております」

山田も、おそらく伊藤も、結核で亡くなった高杉の辞世の句を思い出していただろう。

――おもしろき　こともなき世を　おもしろく――

大次郎さんは、堰を切ったように話を続けた。

「マリアによれば、人間は誰もがコンプレクスを持っているそうです。しかしより重要なことは、自分の欠点を欠点として認める勇気なのだと教わりました。彼女はもともと長州藩の命を受けたカンパニーが、僕の身の回りの世話をするために手配をしてくれたメイドでした。しかし、先ほどの伊藤さんの説明によると、幕府による長州征伐により送金が途絶え、彼女のことを雇うこともできなくなりました。たどたどしい英語でそのことを伝えましたら、『今、自分が出ていったなら、あなたは生きていけない』と、ここから出ていこうとしないのです。考えるまでもなく、その時の僕には何もなかった。友人も金も無く、言葉すら喋れない。唯一あるとしたなら、僅かばかりの精神力でしたが、それすらも、その根本を支えている魂も知識も、この国に来て大きな誤解であることに気付いていました。どう考えても、あとは死を待つしかありません。しかし、彼女はそんな僕を『助けたい』と言うのです。僕に『自分の置かれている状況を認めろ』と言うのです。その時実に不思議な気持ちになりました。人が生きるということは、その全てを受け入れることから始まるのではないかと。それまでの僕は欠点を受け入れる勇気がなかった。きっと高杉さんにも欠点があったのかもしれません。しかし、彼はそれを認める勇気があったのでしょう。僕はそれに気がついた。それで、僕は彼女に『お願いだから助けてくれ』と言いました」

「先生、わたしもそのコンプレ何とかということがよく分かります」

山田は、思わず口を挟んでしまった。

そして、大次郎さんと同じように、自分の思いのたけを話し始めた。

「わたしは見ての通り、こんなに背が低く、今になって思えば、そのことを他人から馬鹿にされないために去勢を張って軍人になったようなものです。戦《いくさ》においては先頭に立って自軍を鼓舞してきました。そこには戦略も戦術もありませんでしたし、そんなことを考えること自体が男らしくないと思い、ただひたすら真っ直ぐに正面から敵に向かうことだけを考えていました。しかし、実際の戦は単なる殺し合いでした。体を切れば血はでるし、傷を負った兵士は苦しさのあまり糞尿を漏らします。状況分析で戦場に行けば、死骸には蠅や蛆虫がたかっていますし、戦う前の信条とは関係なく、どの目もただ死の恐怖を訴えていました。気がつくと、わたしは戦うことに恐怖を覚えていました。そんな中、大村益次郎先生は、西洋式の兵法とは防御の方法だと言われました。軍の指揮を執る者は、戦争の恐怖を知らなければならない。戦が怖いと思えるわたしだからこそ、軍人に向いているのだと……」

山田は、額の大きな大村益次郎の姿を思い出していた。

「さすがに大村さんは良いことをおっしゃいますね。やはり語学のできる人は、物事を大局的に見ることができるので、考え方もしっかりとするのでしょう。羨ましい限りです」

「先生、わたしもコンプレクスということがよく分かります」

今度は、伊藤が思いのたけをぶつけた。

「さきほどの高杉さんが女《おなご》の人気を一人占めしていたこともさることながら、やはりわたしの場合には身分です。昨年この国を訪れた時、華盛頓《ワシントン》大統領の子孫の行方を誰も知らないという話を聞いて、それは本当にすばらしいことだと感動しました。わたしのような身分の出の者にとっては、暗闇の中で一筋の光を見た気持ちになりました。日本の国は、まだまだ四つん這いの赤子のようなものです。しかし、足軽でもなかったこのわたしが、こうやって政府の代表として、国の仕事に携われることだけを考えても、日本は本当に変わったと実感しております」

山田の脳裏にも、おそらく大次郎さんの脳裏にも、松下村塾の小屋の外で直立不動で講義を聞いていた利助さんの姿が映っているに違いなかった。

「そうですか、僕たち三人は、萩の在郷で伴に勉学をしていた時から、いずれもコンプレクスを持っていたわけですね」

大次郎さんの頬にできた涙の痕は、笑顔で崩れた。

「しかし、高杉さんという人は、本当に度量の大きな人でしたね」

「憧れの人でした」

大次郎さんの意見に、伊藤が即座に同調した。


――動けば雷電の如く　発すれば風雨の如し　衆目駭然《がいぜん》　敢《あえ》て正視する者なし――

「高杉さんのあの豪放磊落《ごうほうらいらく》な振る舞いを見るにつけ、自分という存在の小ささが厭になったものです」

山田も同調した。

「高杉さんは、一緒に勉学をした同志ではありますが、僕は彼に何かを教えたことはありませんし、彼の考えを聞く度に、僕は反省を繰り返していました。しかし、あの時の僕は、自分のコンプレクスを認める勇気が無かった。より過激になることしか答えを持っていなかった……。だから、今、お二人から先生と呼ばれるのも、とても気が引けます……。そう言えば、前原さんはどうなさっていますか？」

大次郎さんが、前原のことを尋ねることは唐突な気もした。松下村塾における両雄は久坂さんと高杉さんであったことは誰もが認めるところであったが、その次の人物と言えば、皆をまとめる指導力と至誠な人柄、それに師の意見を最も素直に受け容れる点において、前原一誠を推す人が多かった。大次郎さんはやはり前原のことが気になっていたのだ。

伊藤は不満な顔をしていたが、当時の伊藤は、大次郎さんから、「才劣り、学幼し」と評されるくらい、決して高い評価はされていなかった。もっともあの当時、ここまでの伊藤の活躍を予想できた人間は、日本のどこを探してもいなかったろう。

「前原さんはお元気で、新政府で活躍なさっておられます。現在は兵部省の大輔になられておられます」

伊藤が、半ば不貞腐れて応えた。

「そうですか、前原さんは元気に活躍なさっておられるのですね」

大次郎さんは、素直に安堵していた。

「しかし、長州の士族の中には不満を持っている者も少なくありません。前原さんはあのようなお方ですので、非常に心を痛めておられます」

山田が付け足した。

「念願の倒幕が叶ったのに、どうして政府に対して不満を持っている士族が多いのでしょうか？」

大次郎さんがそのような疑問を持つのも、考えてみれば、当然のことであった。

「藩が無くなり、俸禄を失い、平民でも軍人になれるようになったわけですので、武士の特権というものが無くなってしまったからです」

「武士の特権ですか？　先ほどの高杉さんによる奇兵隊の話ではないですが、僕は日本を救うのは武士階級でしかないと思っていました。しかし、世界のどこの国の話を聞いても、最終的に国を動かしているのは、市民の力や怒りというものですね。僕は本当にたくさんの間違いをしてしまいました。今更ながら心配しているのは、政府に不満を持っている人たちの中に、僕の間違った意見をいまだに信じている人がいるのではないかということです。もし、一人でもそういう人がいるのなら、今すぐ日本に戻って、間違いを訂正しなければいけないと思うのですが……」

大次郎さんの眼差しは、アパートメントの小さな窓から見える遠くの公園の緑を眺めていた。

伊藤も同様に、視線を窓の外に向けていた。

山田は、おそらくあの公園まで行くと、住んでいるのは白人なのだろうと考えていた。

異国からの来客に何かをもてなそうとでもしているのか、妻のマリアは先ほどから厨房に立ち、今までに嗅いたこともない油っこい臭気を漂わせていた。

十六

ブロードウェイ大通りに面するグランド・ホテルに戻った二人は、通りの喧騒を打ち消すために窓を閉めた。

驚くほど建てつけのよい硝子窓は、閉めるだけで回りの空気とともに一切の騒音を遮断した。

「大次郎さんは、昔の考えをすっかりとお捨てになられたようですね」

山田が話を切り出した。

「この国に住んで、亜米利加の文明の力を目の当たりにしていれば、反対に攘夷の考えを持ち続けることの方が難しいだろう。かつてわれわれがあの萩という辺境の地で騒ぎ立てていたことは、しょせん時代錯誤でしかなかったということだ……。しかし、歴史とは誠におもしろいものじゃのう。その大いなる誤解がなければ、日本という国のドアは開くことはなかった。わしは諸国の歴史書を読むことが好きだが、あの誤解もきっと、後の世では美談として物語りの一部になっていくことだろう」

伊藤の細い眼は、遠い昔の何かを見ているようであった。

「どうしましょうか。木戸さんに状況を説明しますか？」

「いいや、それは……、もう少し大次郎さんの本当の考えを確かめてからでも遅くはなかろう……」

「そうですか？」

山田はそう答えたが、伊藤と木戸の関係が予想以上に悪化していることを心配していた。

新政府が樹立して、もはや長州や薩摩などにこだわるべきではなかったが、木戸と伊藤は長州にとって、最も重要な人物であることは間違いない。

この二人の関係が微妙になるということは、山田にとっても少なからず影響があった。

「……しかし、利助さん。いくらなんでも、あんなところに大次郎さんを放っておくわけにはいきません。日本に連れて帰るしかないのでは……」

山田は、伊藤に食い下がった。

「そこが頭の痛いところよのう。もし、大次郎さんを日本に連れ戻せば、われわれには全くその気が無くとも、薩摩の人間たちは、また長州が何かを企んでおると、あらぬ疑いをかけるだろう。ましてや、土佐の板垣や肥前の江藤などの薩長以外の者たちは、どのような行動をとってくるのか想像もできぬ。いや、それよりも大次郎さん本人のことだが、あの方はある意味において、いい時に亡くなったことになっておる。あの方の考えというより、ああいう亡くなり方をしたという事実が、尊王攘夷運動を活気づかせた。その英雄が実は生きていた。夷人の住む亜米利加で夷人の妻を娶り、しかも、かつての自分の考えは誤りだったと……。保守派の士族たちはそんな変わり果てた英雄を、どう思うだろうか」

「……喜んで受け入れはしないでしょうね」

「それどころか、あの方の存在自体が邪魔なものと考えるだろう……。このことはよほど慎重に事を進めなければ、大変なことになる」

「それはその通りですね」

「いずれにしても、この先どうなさりたいか、もう一度本人の気持ちを確かめる必要がある」

その後、伊藤は本当に遊郭に行かないかと誘ってきたが、一日に二度も遊郭に行ったら、怪しまれるでしょうと、山田は断った。

十七

翌朝、二人は大次郎さんのアパートメントを再び訪れるため、紐育の下町を歩いた。

早朝のためなのか、通りには人が歩いておらず、風に漂う紙屑の中、一匹の茶色の野良犬だけが、道路の両側に置かれた塵の山に顔を突っ込んでいた。

塵の山から顔を出した野良犬の顔は爛《ただ》れており、ところどころ紅い斑点ができていた。

山田は、死者の町の中を歩いている錯覚に陥っていた。


大次郎さんのアパートメントの部屋には、昨日のもてなしの料理に使われたと思わる油の臭気がそのまま漂っていた。

「僕もね、最初のうちはあまり好きではなかったのですが、これが慣れてくると癖になるのです」

大次郎さんは、たるんだ顎の肉をなぜながら、昨日の墨西哥《メキシコ》料理のことを語った。

山田は、この人が本当に先生と同一人物であるのか、一日過ぎてもまだ釈然としなかった。

「先生は、この先どのようになさりたいとお考えなのでしょうか？」

伊藤はいきなり本題の質問を切り出したが、大次郎さんはその質問の意味を把握していない表情であった。

「……そのう、日本に戻られたいかということです」

山田が、補足した。

「それは帰りたいですよ。家族とも会いたいですし、久坂さんや高杉さんのお墓にもお参りして、僕の間違いを詫びたい気持ちで一杯です……。もし、お二人の力添えで可能であるならば、一度だけ里帰りをさせていただきたいというのが、正直な気持ちです」

「里帰りですか？」

「ええ、日本に帰っても、また、亜米利加に戻ってきたいのです。こう見えても、ここでのマリアとの生活も捨て難いのです」

大次郎さんは、マリアの手を握った。

山田は、大次郎さんのそのあまりにも自然な所作に驚いた。

「先生、日本には、本名で帰られるおつもりでしょうか。それとも、例えば誰か違う方の名前を使って帰られるおつもりでしょうか？」

「伊藤さん、それは一体どういう意味でしょうか？」

さすがの大次郎さんも、伊藤のこの質問には気を悪くしたようで、伊藤の顔を睨んでいた。

「これは大変失礼いたしました……。しかし、もし、日本への帰国をお考えならば、現在の日本の状況と、先生のお立場を正確に理解していただく必要がございます」

「と、言われますと？」

「……はい。安政六年に江戸の伝馬町において、老中間部詮勝《まなべあきかつ》の暗殺を企てた容疑で、先生は幕府により斬首されたことになっております」

「確かにそういう計画を立てておりましたが、久坂さんや高杉さんに時期早尚とたしなめられましたよ」

「しかし、当時の記録によりますと、そういう計画を立てたという事実だけで、先生は罰せられたのです」

「ほう」

「先生の辞世の句も残っております」

「僕の辞世の句が？」

「身はたとひ、武蔵野の野辺に朽ちぬとも、忘れ置かまし大和魂」

山田が応えた。

「ご家族宛てには、『親思う心にまさる親心、けうのおとずれ何と聞くらん』という句も残されておられます」

伊藤も応えた。

「いや、その二つの句は、いかにもあの時の僕の心境を現した句ですが、いったいどなたが作られたのでしょうか？」

「それは……分かりません」

伊藤は、何かを打ち消すように強い口調で言った。

「わたしなどは、今の今まで、その二つの句は先生が作られたものだとばかり思っておりました」

山田は驚きを隠せず、素直にそう言った。

「ああ、きっと、高杉さんですよ。高杉さんなら、僕が作ったと見せかけて句を作ることぐらい朝飯前ですよ。彼は本当に才能豊かな人でしたから……」

大次郎さんは、膝を叩いて得意げに言った。

「なるほど、高杉さんか」

山田も大次郎さんの意見に同調したが、伊藤は話を元に戻した。

「先生は亡くなられて、先生の遺志を継いだ者は長州藩の武士だけではありませんでした。他藩の勤皇派の志士たちも、この『大和魂』という言霊を抱いて、具体的な行動を起こすようになりました。そしてその結果、二百七十年も続いた徳川幕府を倒したのです。先生は、謂わば、亡くなられて神になられたのです」

「この僕が神に？」

「そうです。先生の墓前には花が絶えたことはありません」

「あんな幼稚で偏狂な考えしか持っていなかったこの僕が、神になった？」

「このわたしも、一刻も早く先生に続かなければいけないと、自分を鼓舞していました」

「……いやあ、全くお恥ずかしい限りです。できることならば、その時に戻って、間違いの修正をしたいものです」

「残念ながら、時間とは先にしか進まないものなのです。先生はお望みではないかもしれませんが、先生が残された言葉や行動の記録は、勤皇の志士たちの心の奥底で金科玉条のごとく、そのまま生き続けているのです。例えば、先生は日本の軍備を整えた折には、朝鮮に攻めるべきだと主張しておられましたが、政府に不満を持っている士族たちは、今でもその不満を朝鮮に出兵することによって解消しようとしております」

「僕は確かにそのような意見を持っていた。しかし、日本が朝鮮を攻めれば、それを口実に列強のどこかの国が日本を攻めることになるでしょう……。いやそれよりも、日本には日本の文化や歴史があるように、朝鮮にも文化や歴史がある。日本だけの理屈で隣国を攻めるというのは……。僕はコンプレクスを受け容れる度量がなかったのです。あの時に戻って、訂正をしたいものです」

「……ですから、もし、先生が本名で日本に戻られたら、もちろん大歓迎をする者もたくさんおりますが、それを望まない者たちもいるのです。しかも、先生が過去の修正をなさった瞬間に、大歓迎をしていた者たちは、先生のお命を狙ってくることでしょう」

山田は、伊藤がここまで直接的な言い方をすることに驚いていた。

しかし、もっと驚いたことは、目の前の大次郎さんが、二人に遠慮することもなく大粒の涙を流していることであった。

贅肉がついた大きな体を前後に揺さぶりながら、大次郎さんは幼い子供のように嗚咽した。

その異常に気がついたのか、妻のマリアが近寄って、大次郎さんの肩に手をかけた。

「OK OK, No problem」

大次郎さんは、鼻水をすすりながら、妻の手に接吻をした。

山田はさらに驚いた。亜米利加に着いてから、白人の夫婦がそのような所作をすることを何度も見かけたが、まさかあの大次郎さんが、そのような行動をするとは夢にも思わなかった。

「僕の、僕の浅はかな考えで、何人もの人たちが無駄な血を流してしまったのですね。しかも、僕が日本に戻れば、更に無駄な血が流れる可能性があるということですね？」

山田も伊藤も、その質問には応えることができなかった。


狭いアパートメントの部屋は一瞬静まり返った。

階下からは、先ほどの大次郎さんの泣き声に刺激されたのか、赤ん坊の泣く声がした。


「……したがいまして、一時的にしろ、日本への帰国を望まれるのなら、氏、素性を隠されるしかございません」

伊藤が、沈黙を破った。

「よく分かりました。ありがとうございます。お二人にはご迷惑はかけたくはありませんが、今のお話を聞いて、是が非でも、日本に帰らなければいけないと決心いたしました」

「もちろん、わたしたちで、先生のご帰国のお手伝いをさせていただきます……。しかし、先生の帰国は、非常に危険なことだということを御認識ください」

「伊藤さん。僕も充分に歳をとりました。昔のような無茶はしません。それに今は守るものがありますし……」

「守るもの？」

「あれです」

大次郎さんが恥ずかしそうに見つめる視線の先には、マリアがいた。褐色の妻は、体とは不釣り合いに小さな椅子に座り、不安そうにこちらを眺めていた。

「できましたら、もう一つ教えていただきたいのですが？」

大次郎さんは、爪の先が油で真っ黒になった人差し指を顔の中心にもっていった。

「何でしょう？」

「僕や僕と同じ考えを持った人たちによる尊王攘夷の思想が、徳川幕府を崩壊させる原動力となったことは、それとなく理解できるのですが、どうして、このような短期間で、開国主義へといきなり方針を変えることができたのでしょうか。こちらの新聞の情報をどのようにまとめても、そこのところが理解できないのです」

「それは、幕府崩壊と同じ時期に、日本全体が世界を知ることになったからです。幕府は崩壊しましたが、それと時間を空けることなく、どれだけ精神を鍛え、刀や槍を振り回しても、日本が列強には勝てるわけがないと、徹底的に知らされたからです」

大次郎さんは伊藤の説明を最後まで聞くまでもなく、大きく頷いていた。

「しかし、それは、奇跡ですね。ここで元寇の話を持ち出すのはおかしなことかもしれませんが、日本丸という船はまさに神風に守れていたわけですね。日本丸には、この上ない時期に神風が吹いたということですね。今や、お二人はその日本丸を操縦する立場にあられる。どうか、その運の良さを活かすようにお願いいたします」
大次郎さんは、かつての教え子に深々と頭を下げた。

十八

岩倉使節団は、首都の華盛頓《ワシントン》で、南北戦争の英雄であるグラント大統領に会うことが計画されていた。

十年前に始まり四年間続いた南北戦争は、亜米利加合衆国を北部と南部に二分し、北軍で三十六万人、南軍で二十五万人、合計で六十一万人にものぼる戦死者を出した。死者の数を比較することは意味のないことかもしれないが、日本を二分した戊辰戦争では、それほどまでの戦死者はいない。

大次郎さんが言うように、日本丸は幸運な航海を続けているのかもしれないと、山田は思った。

山田は宿泊していたエビットハウス・ホテルから、伊藤が宿泊しているアーリントン・ホテルに呼び出された。

華盛頓のどのホテルも、紐育《ニューヨーク》のグランド・ホテルに比べれば静寂を保っていた。ここが政治の街で、商業の街ではないということかもしれない。

「岩倉大使は、この機会に不平等条約の改正の交渉を開始なさることを決断なされた。明日、フィッシュ国務長官にその旨を伝えることになっておる」

普段の伊藤とは違い、今日の伊藤は散髪も終え、妙に厳粛な趣であった。

「木戸さんも賛成なさったのでしょうか？」

もはやこの段になると、木戸と伊藤の個人的な関係を心配していたというより、日本にとって重大な決断が、正当な手続きを経て行われているのかということを、山田は気にしていた。

「残難ながら、木戸さんの同意は得られなかった」

「そうですか……」

「しかし、岩倉大使と大久保さんがそのように決断なさった以上、木戸さんとしても従わざるをえないでしょう」

伊藤は冷めた口調で、木戸のことを語った。

「日本の留守政府はどうでしょうか。彼らは賛成しないのではないでしょうか？」

「その通りだ。だから間髪入れずに、素早く行動を起こすしかないと思っておる」

そんなことは承知の上でのことと、伊藤は、語尾を荒げて言った。

「この使節団において、わたしに与えられた任務は新しい軍隊を作るための情報収集ですので、条約改正の交渉に関しては、意見を言う立場にありません」

山田は、自分の考えを言った。

「それは、いかにも市さんらしい生真面目な意見だが、どうかわれわれの考えに賛同してもらいたい」

「もちろん、日本のためになることなら、協力は惜しみません」

「そう言ってもらえるとありがたいが、ここまで来てもらったのは他でもない。大次郎さんのことなのだが……」

「そうですね、そろそろどうするか決めなければいけませんね」

「実は、そのことについても、内々に大久保さんの意見を聞いてみた」

「大久保さんの意見ですか？」

山田は、驚いて伊藤の顔を見た。木戸に相談できないのは理解できないこともなかったが、だからと言って、大久保に相談したというのは全くの驚きであった。

「市さんは、木戸さんの意見をどうして聞かないのかと思っておられるかもしれないが、今やこの使節団の中の人間関係は複雑になってな。そこら辺のことは察してくれぬか。しかし、これだけは言っておくが、大久保さんという人は実に思慮深い方だ。薩摩にはあの西郷さんがおられるが、裏で実務を仕切ってこられたのは、全て大久保さんだ」

「それは分かっております。大久保さんは私欲のない至誠なお方です。しかし、木戸さんを差し置いて、大久保さんに相談なさるのは……」

「日本の未来を考える時に、薩摩だ、長州だとは言うべきではなかろう！」

伊藤は山田を叱責した。

山田は、大久保の慎重な性格を知っていた。その大久保が最終的に条約改正の交渉を開始することに同意したということは驚きであった。伊藤の調子の良さに、大久保の冷静な判断が毒されていないことを願うばかりであった。

「大久保さんがおっしゃるには、大次郎さんが存命であるという噂は、既に薩摩の一部の者たちに知られているとのことだ。薩摩では、政府のやり方に不満を持っている士族の中に、征韓論を唱えている者が多く、西郷さんによる説得ももはや限界に来ている。だからこそ、大久保さんはここで不平等条約の改正を行い、一気に彼らの不満を一掃しようと考えておられる。兵部省所属の市さんなら賛同してもらえると思うが、今の日本には外国と戦争をする力はないし、下手に国外に出兵すれば、露西亜が攻めてこないとも限らない。国内の不満を韓国に向けるという考えはあまりにも危険すぎる。しかし、そんな大久保さんの考えを打ち消すために、薩摩から刺客が送られたという情報もあるのじゃ」

「大久保さんのお考えは、そんな時に大次郎さんを日本に帰国させるべきではないということですか？」

「いや、ああ見えて、大久保さんというお方は情の深い方だ。大次郎さんの窮状やお気持ちを聞かれて、日本政府として何らかのお役に立ちたいとおっしゃっていただいた。そこでだ、市さん。わしの考えは、いったん大次郎さんを市さんとともに仏蘭西に連れて行ってもらい、条約改正が成功した折のどさくさに紛れて、日本に帰国してもらうということだが……、いかがであろうか。市さんは元々使節団本体を離れて仏蘭西に行く予定だったし、条約改正の交渉をしている時に、大次郎さんが使節団の近くにいるのはまずいと思うのじゃ……」

「了解いたしました」

山田は条約改正の交渉を開始することに関して賛成ではなかったが、あの大久保が勝負をかけていることも理解できた。そんな時に大次郎さんが使節団の近くにいるのは危険であるという伊藤の指摘も、その通りであった。

「やっとここまでやって来たのだ。日本をこの国の南北戦争のように、分裂させるわけにはいかない。不肖伊藤も、大久保さんのために命をかける覚悟でおる……」

翌日、山田は、伊藤が手配をした華盛頓の日本公使事務所の佐藤と名乗る書記官とともに、大次郎さんの仏蘭西行きに関する事務手続きを行った。

佐藤からの助言に従って、旅程としては、波士頓《ボストン》から英吉利《イギリス》の立抜普爾《リバプール》経由で仏蘭西に向かうこととした。

十九

明治五年（一八七二年）三月一日の早朝、書記官の佐藤に付き添ってもらい華盛頓《ワシントン》を出発した山田は、費府《フイラデルフイア》を経由して、紐育《ニューヨーク》に向かった。

紐育で大次郎さんに再会したが、妻のマリアも客船に乗り込んできた。違法移民である彼女が、紐育を離れるのは警官に逮捕される危険もあったが、どうしても波士頓《ボストン》の港まで送ると言って聞かなかったそうである。

船はロードアイランド州の州都であるプロビデンスに着き、そこから、港近くの波士頓・プロビデンス鉄道会社の駅から汽車に乗り、波士頓に向かった。

佐藤の説明によると、嘉永六年（一八五三年）六月に浦賀にやって来たペリー提督は、このプロビデンスから南に四十キロメートルほど離れたニューポートの出身であるとのことであった。つい五、六年前までは「攘夷」を叫んで外国人排斥をしてきた山田は、冷や汗が流れる思いをした。

当時のマサチューセッツ州は、綿・羊毛紡績で全米第一の生産高を誇っており、その州都である波士頓は、人口二十五万人を超える大都市であった。この地域は昔から亜細亜貿易に船を出す船主も多く、日本が開国する以前から、和蘭《オランダ》のチャーター船として何艘もの波士頓船が長崎に来ていたそうである。そんな事もあり、波士頓の街の店先には日本の茶や工芸品などが並んでいた。

大次郎さんは、それらを手に取り、マリアにあれこれと説明をしていた。

徳川幕府は鎖国政策をとっていたが、実際のところはそうでなかったということを山田は学んだ。

波士頓《ボストン》・立抜普爾《リバプール》間を運行する英国キュナード社の定期郵船オリンパス号に乗り込む時間が近づいてきた。

マリアは、ずっと泣いていた。

市村大次郎（佐藤が用意した日本国の査証にはその名前が記されていた）は、泣きじゃくる妻の肩を抱え、一生懸命に何かを説明していた。

しかし、その若い妻は、説明すると泣き止み、暫くするとまた泣き出し、それを繰り返していた。

こんなことなら、二人一緒に連れて行くという選択もあったのだが、大次郎さんがそれを望まなかったし、伊藤もそれを執拗に反対していた。

キュナード社が用意していた待合室には、大次郎さん夫婦に限らず、別れを惜しむ男女がたくさんいた。人目を気にせず抱擁する者たちや、なかには堂々と接吻をする者たちもいた。

大次郎さん夫婦も接吻こそはしなかったものの、波士頓の波止場の待合室の風景の一部にすっかり馴染んでいた。

これが尊王攘夷を唱えていた大次郎さんかと思うと、伊藤が二人一緒に日本に連れて行くことを強く反対した理由も理解できた。

出航を知らせる最後の汽笛が、待合室にも響いた。

山田は、大次郎さんの背中を叩いて言った。

「先生、出発のお時間になりました」

大次郎さんは小さく頷き、小さな布製の鞄を手にした。

妻の涙は止まらなかった。

佐藤が待合室のドアを開け、大次郎さんは山田の後ろから桟橋の方へ歩き出した。

「トラ！」

妻が大次郎さんの名前を叫んだ。

その時であった。

一人の図体の大きな黒人の男が現れて、大次郎さんの手から鞄をひったくった。山田と佐藤はその男を追いかけた。

次の瞬間、背後からマリアの悲鳴が聞こえた。

振り返ると、もう一人の黒人の男が、真黒な拳銃の砲身を向け反撃をしようとする大次郎さんを威嚇していた。

大次郎さんは英語で何かを叫んだが、その声は銃声でかき消された。

乾いた銃声は三回連続した。しかも、三発目は、汽笛の音に同化した。

山田は久し振りにその音を聞いた。

そのため、山田の精神は一気にあの忌まわしい戦場《いくさば》を彷徨うこととなった。

気がつけば、大次郎さんの体は、志半ばで亡くなっていった同志たちと同じように、大の字に倒れていた。

これが、現実のものと山田が受け容れることができたのは、マリアが倒れた夫の体にしがみつき「トラ、トラ」と何度も大次郎さんの名前を叫んでいたためである。

大次郎さんも、身体じゅうの力を振り絞り「マリア」と叫んだ。


山田は、二人の黒人の後を追いかけようとしたが、佐藤が腕を掴んで止めた。

二人の影は、波止場の左端に建つ赤煉瓦の倉庫の角に消えていった。

大次郎さんは、最期にもう一度そう言った。

「マ・リ……ア」

辞世の句も、弟子たちへの伝言もなく、生命の脈が続く限り、妻の名前を呼んだ。


その後、港湾警察が来て、取り調べを行ったが、最近多発している物取りの犯罪だと事務的な報告を受けた。

ただし、捜査の協力を依頼された山田は、その地に足止めを余儀なくされた。

二人が乗船するはずだったオリンパス号は白波を残し、大西洋に消えていった。

二十

事件から二日後、捜査のため足止めをさせられていた山田の宿舎に伊藤が訪ねてきた。

「市さん、大変な災難でしたなあ。誠に気の毒なこととなりました」

普段の伊藤とは違い、その日の伊藤は丁重な言葉使いであった。

「こちらこそ、申し訳ございませんでした。大次郎さんをお守りすることができませんで……」

「後のことは、森さんにお願いしたので、市さんは、明日の便で立抜普爾《リバプール》に向かってください」

「それはありがとうございます。しかし……、犯人はどうして大次郎さんを狙ったのでしょうか？　失礼ながら、大次郎さんの服装を見ても、あの盗まれた鞄からして、とても金目のものが入っているとは思えないのです。物取りの仕業なら、まず、わたしの鞄の方を狙うと思うんですが……」

山田の持っていた真新しい皮製の鞄は、ホテルの部屋の隅に置かれていた。

米欧使節団への参加が決まって、龍子が横浜まで行ってわざわざ購入したものだった。四隅につけられた真鍮の輝きといい、それなりに高価なものに見えた。

「さあどうだろう。わしもどんなに貧乏であっても、盗人になったことはないので、その気持ちは分からんのう」

「それはその通りです……。しかし、世の中というものは色々なことが起こるものですね。亡くなったと思っていた先生が実は生きていて、しかし、誰も知らない間に突然殺されてしまった。これで、わたしたち以外の人たちが信じているように、あの時に先生は亡くなっていたということになる」

「歴史は後戻りをしてはいけないということを、天の神様はわれわれに教えているのかもしれませんな」

「われわれがお会いした大次郎さんは先生ではなく、初めから大次郎さん以外の何者でもなかったのかもしれません」

「結果的にはそういうことになるな……。ところで、大次郎さんは、最期に何かおっしゃったか？」

「いいえ、ただ、何度も奥様の名前を叫んでおられました」

「奥様の名前を？」

「ええ」

「なあ、市さんよ。われわれはたくさんの志士たちの最期を看取ってきたが、妻の名を叫ぶ者はいなかったなあ」

「そうですね」

「市さん、大次郎さんの件はこれでよかったと思うしかないのかもしれん。先生はあの時、伝馬町の牢獄で、ご自身の意思を貫かれて斬首されたのだ。日本の歴史も、その死を一つの重要な要件として進んでおる。それを今さら覆すことはできないし、われわれごときがどうすることもできない。歴史というものは、事実によって作られものではなく、後世の人間の解釈によって作り出されるものなのかもしれない」

「利助さんがおっしゃりたいことは、理解できます」

山田の脳裏には、まるで歌舞伎の一場面でも見るように、大次郎さんの最期の姿が鮮明に映っていた。

大次郎さんの最期は、革命家でも思想家でもなく、もちろん吉田松陰でもなかった。不慮の事故に遭遇した弱々しい一人の市民でしかなかった。

最期まで妻を愛する姿はそれなりの美しさを醸し出してはいたが、そうかと言って、妻を愛するだけのただの男を、歴史の舞台に引き上げるべきではないのは、その通りである。


「言い忘れたが、実は、大久保さんも波士頓《ボストン》に来ておられる」

「まさか、この件のために、わざわざ波士頓にいらっしゃったのでしょうか？」

「この件に関しては、大久保さんの耳には入れてあるが……、実は、わしと大久保さんは急遽、日本に戻らなければいけなくなったのだ」

「日本で何か事件でも起きましたか？」

「いいや、問題はこちらで起こった。単なる手続上のつまらない話ではあるが、フィッシャー国務長官が、条約の改正の交渉をするのなら、天皇陛下の全権委任状が必要だと言い出したのだ。こちらから交渉の機会を作ってほしいと願い出た関係上、もはや引くに引けない状態となってしまった」

「われわれ使節団は、天皇陛下の親書も持っておりますし、全権が与えられているのは一目瞭然のことではないでしょうか？」

「フィッシャーが言うには、たとえ大統領がそう認めてくれても、それだけでは議会が通らないというのだ」

「議会とは、そんなに権限を持っているのですか？」

「わしも、こんなところで、共和制のしくみを学習させられるとは、夢にも思わなんだ」

「しかし、その委任状をもらうために、伊藤さんと大久保さんがわざわざ日本に戻られる必要があるのでしょうか？」

「そうでもしなければ、留守組の連中が簡単に委任状を発行してくれるとは思えぬだろう」

「いや、それはそうですね」

山田の頭には、保守派の面々の顔が浮かんだ。

「そこでひとつ、市さんにお願いがあるのだが……」

「なんでしょう」

「大次郎さんのことは、当分の間、二人だけの秘密にしておいてほしいのだ」

「それは、その方がよいとわたしも思います」

「特に、木戸さんには内密にしてもらいたい」

「……分かりました」

山田は、伊藤が何か政治的なことを企んでいることが分かっていた。いつでも余裕が感じられる伊藤が、この日に限って何かに焦っているように見えた。

大次郎さんも亡くなってしまった今、天皇陛下の委任状を取りに戻らなければいけないという大失態を演じてしまった伊藤に対しては、そう答えるしかなかった。

使節団一行は、グラント大統領とフィッシャー国務長官と面談し、丁重なもてなしを受けた。大歓迎を受けた岩倉たちは、条約改正の交渉も難しくないと考え、条約改正の交渉を持ち出した。

だが、予想に反して、亜米利加政府の対応は厳しく、不平等条約の部分改正は成されず、それどころか居留地の拡大や日本国内の旅行、不動産取得のための内地開放、輸出税の全廃など、新しい条約項目を使節団に提案してきた。

しかも、この予備的な条約改正交渉には、大きな問題が浮上した。使節団が条約交渉の全権委任状を持ってこなかったため、そのことを亜米利加側に指摘され、条約改正交渉が行き詰まりを見せていた。

自分たちは天皇の信任を得ている者であるから心配ないと説明しても、これは万国法規で定められたことであり、ミカド陛下の委任状を拝見したうえで交渉いたしましょうと、断られてしまった。

この問題を解決するため、大久保と伊藤の両副使をわざわざ日本に帰国させ、全権委任状を持ってこさせることにしたが、予想通り、事はうまく運ばなかった。

留守政府にいた外務卿の副島種臣《そえじまたねおみ》や外務大輔の寺島宗則《むねのり》らは、使節の任務は条約改正の予備的意見交換にあって、条約改正を正式に行うには準備不足であると反対した。準備も整えずに条約改正を行えば、もっと不利な条約を結ばせられる可能性があると指摘し、全権委任状を渡すことを頑なに拒んだ。

大久保と伊藤にしてみれば、いまさら手ぶらで亜米利加に戻れぬと、腹を切るとまで言い出した。結局のところ、寺島宗則が彼らに随行することを条件に全権委任状を与えるものの、交渉は中止にするという方針を亜米利加側に伝えることで問題を終息させることとなった。条約改正交渉は、留守組の外務系たちのしっぺ返しを受ける形で、歯止めが成される結果となった。

予想外な足止めをくった使節団は、七月三日に亜米利加を発ち欧州へと向かった。英吉利《イギリス》ではビクトリア女王にも謁見し、世界随一の工業先進国の実状をつぶさに視察した。その後、仏蘭西、普魯西《プロシア》へと足をのばした。

なかでも特筆すべきは、普魯西で鉄血宰相ビスマルクと会見し、普魯西が英仏露などの列強から独立と国権を維持している富国強兵策について、生の意見を聞くことができたことであった。普魯西と同じ道を歩もうとしている黎明期の日本に対して、ビスマルクの発言は大いなる激励に感じられた。

ビスマルクとの謁見後、大久保は伯林《ベルリン》から急きょ帰国したが、使節団はその後も露西亜《ロシア》・墺太利《オーストリア》・瑞西《スイス》・伊太利亜《イタリア》などを視察して、六月八日にマルセイユ港を出港して、帰国の途についた。

使節団は、一年十ヶ月かけて百万円という巨費を投じて大失態を演じてしまったが、欧米列強の強さの秘訣を肌で感じることができた。この外遊によって、殖産興業による西洋化が日本の最優先項目として挙げられる根拠となった。

大久保・伊藤と木戸の決定的な対立関係を引き起こしたことと、その後の西南戦争という犠牲はあったものの、世界の中で日本がどうあるべきかを悟らせ、その後の日本の西洋化に弾みをつけた。

岩倉以下、使節団の優秀なところは、そのような現状認識を持ったうえで、この差も産業革命以降の高々四十年の差に過ぎないと結論を出したことであろう。

大海に乗り出した日本丸は、この失われた四十年を取り戻すべく猛進する。

使節団に記録係として随行した久米邦武《くにたけ》は、『米欧回覧実記』の中で次のように記している。


——当今欧羅巴《ヨーロッパ》各国、みな文明を輝かし、富強を極め、貿易盛んに、工芸秀《ひい》で、人民快楽の生理に悦楽を極む、その状況を目撃すれば、これ欧州商利を重んずる風俗の、これを漸致《ぜんち》せる所にて、原来この州の固有の如くに思わるれでも、その実は然らず、欧州今日の富庶をみるは、一千八百年以後のことにて、著しくこの景象を生ぜしは、僅かに四十年に過ぎるなり——


帰国した山田も伊藤もその後の実務に忙しく、じっくりと二人きりで話をする機会はなく、大次郎さんの名前が出ることもなかった。

今にして思えば、亜米利加における大次郎さんとの数日間は、夢であったのではないかと思えるほどであった。

二十一

音羽の山田邸は、この日も招かれざる客を迎えていた。

龍子は、どうして山田がこの失礼で不気味な人間を客として受け入れているのか不思議であったが、そこには何か避けがたい理由があるに違いないと思っていた。

「伯爵どの、本日は長居はいたしませぬ。先ほど奥様がものすごい形相で、このわたしを睨んでおられましたから……。わたしはね、こんな容姿なものですから、世間様からいやと言うほど、蔑んだ目で見られてきました。わたしの子供の頃からの夢を知っていますか？　それは、空気や影のような、人に意識されることのない存在になることでしたよ……」

この男もコンプレクスによって生きる道を決めているのだと、山田は思った。

「空気や影のような存在を目ざされるのなら、毎日のように拙宅に来るのを止められたらどうかね？」

「その通りですな。わたしも反省しております。だから、今日はまず伯爵どのに謝らなければいけないと思って、やって参りました……」

調所は、世間の誰からも蔑んで見られると自らが言う不敵な笑い顔を見せた。

「それは殊勝なことだが、そのわしに謝りたいこととは何か？」

「ええ、実は、わたしの兄が西南戦争で亡くなったというのは嘘でした。したがって、兄からの手紙というのも存在しません」

「嘘？」

「ええ、すみません。全部、わたしがでっちあげた作り話でした」

「おお、それなら、あなたの持っておる疑問というのも、存在しないことになるな？」

「いやいや、それが残念ながら、その疑問の方は、益々大きくなって、このわたしの小さな体は、今にも押しつぶれそうになっております」

調所は、その短い腕を背中に回し、何か重いものが肩に載せられて拷問でも受けているような素振りを見せた。

「何を言いたいのか。さっぱり分からんな」

「ええ、ただ真実を知りたいというのが、わたしの性分でございまして……。はい、この哀しい性分のおかげで随分と損をしてまいりました……。おっと、本日はお約束の通り、あまりお時間を取らせないつもりですので、本題に入らせていただきますよ」

調所はそう言うと、黒色のチョッキの一番の上の釦《ボタン》を外し、懐から茶色の封筒を出した。

封筒の中身は、一枚の色褪せた写真であった。

「このお方は、松陰先生ではありませんか？」

調所の太く短い指の先には、笑顔の初老の男が映っていた。

隣には、褐色の若い女も映っている。

それは間違いなく、山田が亜米利加で会った大次郎さんとマリアの姿であった。

この男は、いったいどこまでの事実を知っているのだろう？　山田は、全身から血の気が引いていくのが分かった。

「わたしは、松陰先生にお会いしたことがありませんし、どのようなお姿だったかも知りません。何たって、松陰先生が伝馬町で斬首されたという年に、わたしは生まれておりますので……。しかし、先生を知る方の話をまとめますと、先生は面長で細身であったということになっています。この写真のお方は、縦長の顔をなさっておられますが、細身とは言えません。また、先生はとても女性のことを苦手になさっておられたそうですが、この隣の若い女性としっかりと腕を組んでおられますね。わたしもそういうことには非常に疎いのですが、そんなわたしから見ても、このお二人の表情からして、ただならぬ関係であると想像できますな。ですから、このお方が松陰先生じゃないかとは思ってはいても、はっきりと断定することができないのです。とは言いながら、この写真を松陰先生のことを知る方々に見せるわけにもいきません……。だってそうですよね。今や先生は神様のように世間の尊敬を集めておられます。そんな神様が、若い、しかも、異国の女性と腕を組んで写真に収まっている。わたしがこんな写真を持っているという噂が流れただけで、わたしは暗殺されるのではないでしょうか？」

「この写真をどこで手に入れた？」

「やっぱり、この方は松陰先生なのですか？」

「いいや、先生はこんなに肥えられてはいない」

「そうでしょうとも。この方が松陰先生でしたら、あの『身はたとひ、武蔵野の野辺に朽ちぬとも、忘れ置かまし、大和魂』という辞世の句はどなたが作ったのでしょうか。しかも、昔の記録を読み返しても、松陰先生は、獄中にあっても勤皇の志士として憂国の思いを最期まで立派に主張なさったとあります。まさか、松陰先生が二人いらっしゃったわけではありませんよね？」

「何を馬鹿な……」

「それでは、この写真のお方は誰なんでしょうか？」

「そんなことは知らん。誰か先生と似ている者だろう……」

会話の主導権は、完全に調所が握っていた。

山田の喉は乾ききり、反対に手には、したたるほどの汗が滲んでいた。

「分かりました。やっぱり、松陰先生のことを知っている方々に、このお方はどなたでしょうかと、聞いて回ることにします。命は欲しいですけど、真実を突き止めなければ気が済まないというのが、わたしの哀しい性分なものですから……」

山田は、返事を返すことができなかった。

「……それとも」

「それとも、何だ」

「ええ、もし、この写真が世の中に出回って、伯爵どのに何か困ることがあるのでしたら、わたしにも考えがありますよ。いつも高価な三ツ矢平野水を御馳走になっていますから……。そう言えば、今日は出ませんね。本音を言えば、少しばかり楽しみにしていたんですけどね……。まあ、少し考えてみてくださいい。わたしはこれで失礼します。今日はあの泡の水が出そうもないので……」

調所は右目で余裕を、左目で威嚇を残しながら、山田の私邸を去ろうとした。

山田は、この招かれざる客が屋敷の中をあれこれと嗅ぎ回るのを防ぐため、玄関先まで見送った。

「伯爵どのが自らお見送りとは、まことにかたじけない。お礼の気持ちとしては何ですが、梅子さんでしたか……、とても元気にお育ちですよ。これだけはお伝えしておきます」

六月の雨はしんしんと降り続き、白亜の屋敷も緑を増した音羽の森に覆い隠されそうになっていた。

山田が懺悔をする時は、刻一刻と近づいていた。

二十二

「ここら辺は、幕末まで大名や旗本の屋敷があった場所ですが、今では誰も管理をする者もおらず、あのように勝手に住み着く輩も増え、犯罪の温床になっているとのことです」

司法省栗塚秘書官がかつての上司を連れていった場所は、四谷区麹町十二丁目であった。

武家屋敷の玄関には、明らかに定職を持たないと思われる者たちが、一団となって座っていた。

この退廃とした町の様子は、大次郎さんが住んでいた紐育のアパートメントの辺りを彷彿させた。

背丈の合わない二人がその前を通ると、男たちは、意味もなくただにやにやと白い歯を見せた。この一団が暴徒に変わるのは簡単なことだろう。山田は背筋を伸ばして、その者たちを睨みつけて、その場を通り過ぎた。

「文明開化によって多くの新しいものができたが、また、多くの古いものを失ったということか……」

山田は、割れた板塀の隙間から飛び出した雑草を手にとって言った。

「宮城からこんなに近い場所にこのような廃墟の町があるようでは、日本の治安を守るのも一筋縄ではいきません」

山田が司法省を去った日の忠告を忘れず、栗塚の真直ぐな髪の毛は、しっかりとチックで抑えられていた。

「われわれは、地方の不平の声ばかりを気にしていたが、お膝元からしてこんなに覚束なかったということか……」

「大臣、あれが、その牛乳搾取所です」

「だから、わしはもう大臣ではない……」

「大臣、少し……」

栗塚が、山田に小声で話すように促した。

栗原の指さした方向には、二頭の牛がのんびりと草を食むのが見えていた。

牛乳の甘い香りと枯れ草と家畜の糞尿が混ざった独特の匂いが、山田の鼻腔をくすぐった。

調所の体臭は、この匂いだったのかと、山田は思った。

「こんな所に牧場があるとは、驚きだな」

「はい、東京には、主を失った屋敷を利用した牧場がたくさんあります。調べてみますと、このような牛乳搾取所は、東京だけで二十を超えています」

「これも、いわゆる武士の商法というやつか？」

「その通りです。天皇陛下が牛乳を飲まれているという記事が新聞に出て以来、牛乳を飲む国民が急速に増え、この商売は格好の投資対象になっているようです。噂によりますと、松方首相も山縣元首相も、このような牛乳搾取所に出資なさっているそうです」

「山縣さんは、そういうところに鼻が効くからな」

「全くでございます。お国のことに関しても、もう少し鼻がお効きになればいいものを」

栗塚は、山田が陸軍にいた時の政敵であった山縣との関係を配慮して、そのような言い方をした。

山田は栗塚に感謝したが、感想はあえて言わなかった。

「それで、調所の居所というのは、あの家畜小屋の隣にある東屋《あずまや》か？」

山田は、話題を変えた。

「そうでございます。どうもここらでは、人間様より牛の方が良い暮らしをしているようで、雨風が防げる程度の誠にみすぼらしい小屋です。そこに十二歳の長男を筆頭に、男の子ばかり三人の子供と住み込んでおります。父親が牛の世話をし、三人の子供たちも牛乳の販売の手伝いを行っております。近所の者にそれとなく聞いてみましたら、父も子もたいそう仕事熱心で、また、仕事が終わる夜半には、父が子らに英語などを教えており、すこぶる評判の良い親子でした」

「あの調所が、働き者で子供思いとか？」

「はい」

「それは俄《にわ》かには信じられん……。しかも、そもそもどうしてやつはこんなところで働いているのだ？」

「なんでも、細君が胸の病にかかり、入院させるために金がかかったようです。この仕事についたのも住む処が与えられるのと、病気の細君に精のつく牛乳を飲ませてやることができるためだそうです」

「栗塚、ちょっと待て。その者は、本当に調所実直という名前か？」

「ええ、それは間違いないと思います。背の低い、斜視の男です」

「この世の中には、調所実直という人間が二人いるということか?」

山田は思わず、そう言ってしまった。

「大臣、お、お静かに」

栗塚が小声で、興奮した山田の大声を諌めた。

調所の家族が住むという東屋の戸が開き、中から一人の少年が元気よく飛び出してきた。

少年は、その牛乳搾取所の屋号と思われる「丸八」と書かれた半纏《はんてん》に、股引《ももひき》を穿いていた。

「あれは、十二歳になる長男だと思います」

少年は右肩に、自分の体より大きなブリキの缶をかついでいた。

「十二歳にしては、随分と身体が小さいな」

「そうですね。親も体格が……」

栗塚は、山田の前で体格の話をしたことを後悔していた。

「あの白い缶は何か?」

「あの中には搾りたての牛乳が入っています。月決めで牛乳を購入している家の前には硝子壜《ガラスビン》が置かれていますので、それに牛乳を入れて回るのです。何でも、蓋が青色の壜が午前の配達で、赤色の壜が午後の配達ということです。この時間ですから、赤色の蓋のついた壜に牛乳を入れて回るのでしょう」

「新之介、早くしろ。あんちゃんは、もう行くよ」

その少年は、玄関の方を振り向いて言った。

「はーい」

中から出てきたのは、年の端もいかない、さらに小さな男の子であった。

おそらく、六才の三男坊であろう。小さな両手で包むように、何かを大切そうに持っていた。

「病院に着いたら、何って言うのだった。もう一度言ってごらん」

「この牛乳を母上様に飲ませてくだされ。……えっと、えっと、空き瓶は、明日、回収に参ります」

三男坊は、鼻水をすすりながら答えた。

「違うだろ、新之介。母上様だけじゃだめだ。ちゃんと調所マスエに飲ませてくださいと言わないと……。こないだもせっかくの牛乳が母上様のところに届かなかったのだから……。父上様が一生懸命働かれて、やっと分けてもらった大切な牛乳だぞ。さあ、もう一度」

「えっと、この牛乳を調所マスエに飲ませてください。空き瓶は、明日、回収に参ります」

「そうだ、よく言えた」

長男は、三男の坊主頭を撫でた。

「あんちゃん」

三男は、小さな低い鼻からずり落ちた青色の筋を着物の裾で拭いた。

「何だ」

「母上様は、いつお家に帰ってくるの？」

「父上様もおっしゃっているだろう。新之介の寝小便が治ったらだと……」

山田は、胸が詰まった。

政府の高官として外国に行き、役所勤めばかりをしているうちに、庶民の生活というものをすっかりと忘れていたようだ。自分だって、子供の頃は武士の家で育ったとはいえ、家の野良仕事を朝から晩まで手伝っていた。松陰先生の教えも、また、決起した者たちの志も、この国から貧しい人々を無くすことを目標にしてきたのではなかったのか。地に足をつけた庶民の生活を知らない者が、役所の机の上だけで策を考えても何の意味もなさない。

病気の妻のために搾った牛乳を飲ます調所の家族には、三ツ矢平野水とは、さぞかし神経を逆なでするものだったに違いない。

「あのような両親思いの働き者の子供たちのようです。わたしはあの子たちの姿を見て、何かを思い出したような気になりました」

栗塚の眼頭は、充血していた。

「その通りだな」

山田も同様だった。

「しかし、大臣、調所に関して、一つだけ注意しておかなければいけない情報がありました」

「何だ？」

「大《おお》河《こ》内《うち》玄《げん》白《ぱく》なる者と、頻繁に会っていることです」

「それは何者だ」

「いわゆる事件屋と言われる者で、人の弱みや争いの調停に乗り出し、金を無心する輩です」

「大河内玄白だな。その者には気をつけよう。栗塚よ、忙しいのに、すまなんだな」

「いいえ、これくらいのことならいつでも申しつけてください」

「栗原！」

「何でしょう？」

「今日の髪型はいいな」

「はい、大臣からの忠告は、親からの忠告だと思っておりますから」

山田は、待たせてあった馬車に乗り込み、この眼で確かめた事実を頭の中で整理していた。それは、平凡な庶民の生活であったが、それだからこそ、真実があり、眼から鱗が落ちる思いであった。そして、紐育で大次郎さんと会った後に、伊藤が言った言葉を思い出した。

——本当の愛国心とか勇気とかいうものは、肩をそびやかしたり、目を怒らしたりするようなものではない——

愛国心とは、あのような子供たちが、朗らかで健康に生活できる国を作ることだと、山田はしきりに反省をした。

二十三

数日後、調所が一人の初老の男を連れて山田邸に現れた。

初老の男は、記者を集めて会見を行った時に、会見を取り仕切ったあの紋付袴の男であった。

あの日と同じ服装であるし、二段になった丸坊主の頭を忘れるわけがなかった。

「先日は、大人数でおしかけたものですから、しっかりとした挨拶もせずに、大変失礼いたしました。わたくしは、大河内玄白と申す、旧水戸藩士でございます」

その名前は、栗塚が注意せよと教えてくれた人物の名前であった。

山田は、身構えた。

「本日はどのような要件で拙宅へ？」

「いやいや、伯爵どののその言い方からしますと、この調所めが、さんざん嫌がらせをしたのでしょう。しかし、不肖、大河内が参上したからには、伯爵様にはもう一切のご迷惑はおかけいたしません」

山田は大河内の芝居がかった口上に同意するでもなく、ただ聞き流していた。

大河内も、その脂ぎった二段頭を光らせ、山田には構わず話しを続けた。

「ええ、この男も根は決して悪い男ではありません。ただ、細君が胸の病気を患ってからというもの、三人の子供をかかえて、困っておるのです……。伯爵様もお忙しいことでしょうから、端的に要件だけを申し上げますが、この男が持っている写真と亜米利加の新聞の切り抜きを二千円で買っていただけませんでしょうか？　それできっかりと終わりにさせます。二千円さえ用意していただければ、あの写真は始めからなかったことになりますし、この男も二度と伯爵様の前には現れません。そのことはこの大河内が命にかえて保証いたします」

「二千円というは大金ではないか？」

「大金でございます。しかし、この男はその金で贅沢をしようなどということを考えているのではありません。その金で、病気の女房をもう少しまともな施設に入れてやり、また、三人の子供たちも学校に入れてやれるのです」

　隣に座った調所は、山田と目を合わせないように、うなだれていた。

「しかし、調所さんにも言ったのだが、あの写真の人物は松陰先生ではないぞ」

　山田はそう言ったが、それは明らかに説得力のないものであった。

「調所や、伯爵様にもう一度、あの写真をお見せして……」

　調所は言われるがままに、写真をテーブルの上に置いた。

　写真の中の大次郎さんは、笑顔でこちらを見ていた。

「ええ、伯爵様が、そうおっしゃるのなら、そうなのでしょう。しかし、この写真のお方の眼は間違いなく勤皇の志士の眼をしておられますな。わたくしも水戸の出身ですからよく分かります。いくら笑った眼をしていても、その底には妖気が漂っております。人を殺《あや》めようと一度でも刀を抜いたことがある人間は、簡単にそれから離れることはできません」

大河内は笑いながら、ゆっくりと山田を見つめた。

それはまるで自分の眼の底に漂う妖気の存在を、山田に分からせているようであった。

「わたくしが気にしていることは、この写真の人物が松陰先生でないとしても、このしつこい性格の調所が、『この方は松陰先生ではないですか？』と、新聞社や役所などを回ると面倒なことになるのではないかということです。そうなれば、伯爵様にもご迷惑がかかるのではないかと……」

山田は、何も喋ることができなかった。

「……伯爵様にとっても、また、日本国のためにも、決して悪い話ではないと思います。よく考えてみてくだされ」

そう言うと、早々に大河内は立ち上がり、調所にも退室を促した。

二人は、玄関で出くわした龍子に深々と頭を下げ、山田の私邸を後にした。

大河内という人物は、人の弱みにつけこむ事件屋である。しかも、栗塚が心配していたように、読心術をも備えた、かなりやり手の事件屋であろう。山田は、仏蘭西窓から見える遠くの緑を見ながら、

「さて、どうしたものか」と深いため息を吐いていた。

二十四

「これは、筋金入りの欧化政策じゃねえか」

翌朝、屋敷の漆喰の壁をあちこち叩く音がした。

書斎から山田があわてて廊下に出てみると、そこにいたのは、義父の井上馨であった。

「井上さん、突然どうなさいました」

「いやね、近くまで来たものだから、天皇陛下が行幸なされたという自慢の屋敷を一度見ておきたいと思ってな」

その短気と怒声から「雷親父」とあだ名されていた井上の声は、屋敷中に響き渡っていた。

「言っていただければ、お迎えにあがったものを……」

「気にせんでくれ……。しかし、こりゃまあ、完璧な仏蘭西の家だな。市さんのナポレオン好きもここまでくると、たいしたもんだ」

「お褒めにあずかって、恐縮です」

「お義父様が欧化政策などと言われるものだから、そりゃあ大変でしたのよ。仏蘭西語を学ばされたり、バザーに参加させられたり……。あの時に買った洋服は、今では箪笥《たんす》の肥しですけぇ」

龍子が紅茶を持って、応接室に入ってきた。

「いや、あんときゃ、おぉめげしたいね（大失敗した）。許せ！」

義娘にも劣らぬ井上の高笑いは、虎の鳴き声のように反響した。

明治維新の後に大蔵省に入った井上は、大蔵卿である大久保利通が使節団で外遊中、日本国の財政の全てを一人で仕切り、「今清盛」と呼ばれるほどの権勢を振るっていた。

しかし、外務大臣としての条約改正交渉の失敗によって、現在は少しだけ大人しくして、次の出番を虎視眈々と狙っているというのが、政府の中での噂であった。

「しかし、この季節は嫌じゃのう。傷に滲みるんじゃ」

井上は着ていた白色の麻の背広を脱ぎ、龍子が持ってきたおしぼりで、顔や首筋の汗をしきりに拭いていた。

井上の顔には、たくさんの古傷があった。

第一次長州征伐で武備恭順を主張したために、藩内の俗論党に襲われ、瀕死の重傷を負った。この時、あまりの痛さに兄に介錯を頼んだが、母親が血だらけの井上を抱き、兄の介錯を思い留まらせたという逸話まである。

「市さん、司法大臣を辞任して、少しは暇になったかね？」

「ええ、こないだなんか、上野恩賜公園の動物園に連れて行ってもらいまして、それが……」

義父に会ったのが久し振りのため興奮しているのか、龍子は会話を独占しようとしていた。

「わしは、龍子に聞いているのではない」

井上が、義娘をたしなめた。

「これは、これは、申し訳ございませんでした……。そいでは、殿方同士の会話を楽しんでくださいな」

「そうじゃ、そうじゃ、お前は早く去ね」

井上は、持っていた扇子で龍子の退室を促した。

「龍子、さてはお前、いらぬ気を回して、井上さんを呼んだな」

山田は、珍しく語尾を強めて言った。

井上の突然の訪問は、龍子が仕組んだことに違いなかった。

「えっ、何のことで？」

龍子がとぼけているのは、明らかであった。

「いや、わしが悪かった。こんなことを相談できるのは、確かに井上さんを差し置いておらんな……。すまなんだ」

井上は、山田よりも、また、伊藤よりも年上で、いわば長州出身者の先輩格にあたった。

山田は、いつもながら龍子の気遣いに頭が下がった。

山田は大きく深呼吸を一つして、調所と大河内にまつわる全ての顚末を井上に話すことを決心した……。

井上は、追加したおしぼりを握り締めながら、その話をじっと聞いていた。

そして、話を聞き終えた井上は、こう言った。

「あの時、萩で流れていた噂は本当だったのか？」

「……ええ」

「当時の状況を考えてみれば、松陰先生が生きていてもおかしくはないかもしれないのう。西郷の最期だって、誰かがその証拠を確かめたわけではない。そもそも、西郷軍が全滅しているのに、首を落とされた場所が特定できるわけがないではないか。ましてや、雨のような弾の中、悠々と介錯をさせたというのも変な話だ。だから、わしは西郷が生きていましたと言われても、不思議はないと思っておった……。まあ、あの生真面目な松陰先生が、異人の若い女と腕を組んで、写真に写っているとは、実に愉快な話ではないか」

神妙な顔つきの山田の前には、傷だらけの井上の笑顔があった。

「いやいや、これは失礼した。しかし、その写真は本物なのか。何かの細工でもしたものではないのか？」

「残念ながら、本物に間違いありません。隣に写っていた女性も、わたしが亜米利加で会ったマリアさんでした」

「うーん。それでその者たちは、伊藤が松陰先生を殺害したと言っているのか？」

「はっきり、そうは言っておりませんが、おそらくそういう筋書きを想定しているのだと思います」

「それならば、『伊藤のところへ行け』と、言えばいいではないか」

「そういうわけには……」

山田は、この話を井上に相談したのを後悔した。

「それもそうだな。松方内閣を実質的に支えているのは伊藤だからな。伊藤にこんな疑惑が出たら、現政府は、根底から覆る可能性もある」

「その通りです」

井上がようやくことの重大さに気付いてくれて、山田は安堵した。

「ところで、本当に伊藤がやったのか？」

「いえいえ、それはわたしも知りません」

山田は、激しく首を横に振った。

「……しかし、正直なところ、調所の話を聞いているうちに、そういう可能性もあるなと思い始めております……」

山田は胸の奥に詰まったものを、ようやく吐き出すことができた。

「確かに、伊藤は松下村塾の出身であることを否定しておる。わしもそれが不思議だった。内閣総理大臣までも務めた男が、その師匠を殺害していた。記者どもは騒ぐだろうな。仮にそれが事実と違っておっても、大変な騒ぎになることは間違いない」

「そうですとも」

「しかも、伊藤ならやりかねんな。いや、伊藤に限らず、今の政府で要職に就いている者たちは、今でこそ、法治国家だ、何だと騒いでおるが、ついこの間までは、暗殺者の集団だったわけだからな……」

井上の言うように、伊藤は公武合体論を主張する長井雅楽《うた》の暗殺を画策し、山尾庸三《ようぞう》とともに、塙《はなわ》次郎と加藤申次郎を実際に暗殺していた。

「井上さん、いくらなんでもそういう言い方は……」

山田はそうは言ったが、この井上の歯に衣着せぬ大胆な発言に救われたような気がした。これほどの秘密を、一人で抱え込むには荷が重すぎた。

「わしは松下村塾の塾生ではないので、勝手なことを言わせてもらえれば、そもそも尊王攘夷なんていうものは、単なる幻想でしかなかった。あの時にはっきりしていたことと言えば、徳川幕府が必要なかったということだけだった。幕府を倒す何か、言ってみれば、適当なかけ声があればよかったのだ。その証拠に、幕府が倒れてみると、誰も攘夷のことなどすっかり忘れてしまい、世の中は一転して開国へ走っていった。あの時に馬鹿の一つ覚えのように、攘夷、攘夷と叫んでいた奴らも今じゃ、こぞって子供を海外留学させておる。人間なんてものは、器さえ作ってやれば、中身は後からついてくるものなのよ……」

井上のこの達観が、あの鹿鳴館外交になっていったのだと山田は思った。

しかし、井上の深い洞察力には感服せざるをえなかった。

「……ちょっと待て、維新の後も松陰先生が生きていたとしたのなら、あの『身はたとひ』の辞世の句は誰が作ったのか。あれは、それこそ、かけ声としては、最高のかけ声であった。あの句を胸に、死んでいった者も多かった。その者たちは本当に救われんのう」

「わたしにも分かりません。本人もご自身の作ではないと明確におっしゃっておられました。その点が、調所も疑問に思っているところでして、そのため、写真が本物かとどうか断定できないのだと思います。まあ、考えられるとしたら、高杉さんが代わりに作ったということですが、そうだとしても、松陰先生が獄中で立派な志士として最期を遂げられたことの説明がつきません」

「吉田松陰か高杉晋作のいずれかが、二人いたということか？」

「そんなことはあるはずがありません」

「伊藤は、そのからくりを知っているのか？」

「多分、そうだと思います」

「市さん、結論は簡単だ。要するに、われわれは伊藤に会いに行かなければいけないということだ。なあに心配するな。わしと伊藤は同じ種類の人間、言ってみれば実務家だ。松陰先生を慕っておる市さんには申し訳ないが、わしらにとって、思想なんてものは、内股に貼った膏薬と同じで、どうでもいいのだ。しかし、実務家であっても、国を思う気持ちには変わりない。言わせてもらえれば、思想家よりも遥かに強いんだ。わしらは思想のために国民を犠牲にはしない。わしらが望んでいるものは、全ての国民が健康で、安心しておまんまが食べられることなのだ。だから、実務家は器にこだわる。

しかし、この疑惑は、やっとできかかった新しい日本の器自体を崩壊させることにもなりかねないのう……」

公私の区別が曖昧で、かつて西郷から、「三井の番頭さん」と揶揄された井上は、捉えどころのない大人物であった。

山田もこの大声で話す古傷だらけの男が、自分や木戸や、そして松陰先生と違う種類の人間であると感じていた。

しかし、本人が言うように、国を思う気持ちや、後輩を助ける気持ちにおいては、一点の曇りも感じさせない崇高な人間であった。

「ところで、あの件はまだ龍子に話をしとらんね？」

周りに龍子の気配がないことを確かめて、井上が言った。

「ええ」

山田は、小声で応えた。

「わしの方から、いい時を見計らって話をしておくから……」

「分かりました……」

山田は、噛んで含むような返事をしたが、心のどこかで救われたという気持ちになっていた。

二十五

一度は眼をつむったが、不安な気持ちが山田を眠りにつくことを許してくれなかった。山田はベッドの上で上半身だけを起こして、龍子に声をかけた。

「少し、話があるのじゃが……」

やはり、自分の口から言うしかない。自分のような不器用な人間が同時に二つの問題を解決することはできない。ならば、まずは私的な方を先に片付けなければいけないだろう……。

「先ほどは、さしでがましい真似をして、申し訳ございませんでした」

龍子も上半身を起こし、夜着の上に白いレースのショールをかけた。

「いんや、あのようなことを相談できるのは、日本中を探しても、井上さんしかおらなんだ。こちらこそ、礼を言う」

山田が、その場で頭を下げた。

「どうしたんですけぇ。急にあらたまって」

「……いや、色々と考えたのじゃが、やっぱり、ここでちゃんとお前に話をしとかなければいかんと思ってのう……」

「いやですよ。何のことですけぇ？」

薄明かりのなかで、龍子は山田の表情を確かめようとしたが、漆黒色となった夜の帳《とばり》はそれを許さなかった。

「……実は、わしには娘がおる。名前は梅子という……。今まで隠しておいて、済まなんだ」

「それはまことのことでございますか？」

龍子は、力なくそう言った。

「……うむ、まことのことである」

龍子の唾を飲み込む音が聞こえた。

「……それは、あなたにお妾さんがいるということですけ？」

「ああ、梅子ができてからは、会っておらんが……」

窓からこぼれてくる月明かりが、最近増えだした龍子の白髪に反射していた。

枕元にあった独逸《ドイツ》製の置き時計の秒針の音が、山田の心臓の音と同化した。

「……あれだけ、伊藤さんのことを非難しながら……、あなたにも……お妾さんがいたんですか？」

龍子は、言葉を噛みしめるように言った。

「黙っておって、済まなんだ」

山田は、再び頭を下げた。

「うちは許しません。たとえ世間が許しても、うちは絶対に許しませんけぇ……」

龍子は突然大声をあげたが、次第にその声は涙交じりになっていった。

「……言い訳になるが、子がおらんと、わしが死ぬと爵位は剥奪される。そのことを気にしてくれる方がおって……、できた子が女の子だったもので、それ以来、その女《おなご》には会ってはおらん」

「と言うと、何ですか？　あなたはお妾さんにできた子が女の子だったから、久雄さんを養子になさったんですけぇ？」

「まあ、結果的には……そういうことになる」

「司法大臣様、あなたは鉄砲を捨て、国民の発展と安全を守るために、法律を作ってきたのではないですけぇ？」

「……その通りじゃ」

「司法大臣がそんなことでは、日本の国が良くなるわけがございません。あなたは女にも男と同様な人権というものがあると言っておられましたね。それが、できた子が女の子だったから会ってもおらん？　そんなことなら、伯爵の位など、今すぐ天皇陛下に返してくだされ」

「……」

山田は、返す言葉を持っていなかった。

「こんなことなら、伊藤さんの方が、むしろ男らしいと言うものです。ナポレオン皇帝が呆れます。とにかく、うちは絶対に許しませんけぇ」

龍子は、そう言い残して寝室を出ていった。

ベッドの上の白いシーツは、龍子の気持ちのように激しく波打っていた。

龍子に指摘されるまでもなく、伊藤よりも、そして調所よりも、自分は最低な人間だと、山田は思った。

二十六

伊藤の品川の別邸には、大きな車寄せがあり、次から次へとひっきりなしに訪問客が訪れており、さながら首相公邸のようであった。

「これはまた珍しい。両大臣様がお揃いで……。まさか、新党結成のお誘いではないでしょうな？」

伊藤の声は、井上の声に劣らず大声であった。その声は歳とともに大きくなっていたように感じた。政治の世界においては、主義主張や、ましてや清廉さより、声の大きさの方が重要なのかもしれないと思うほどである。

「そんな話をするのなら、料亭で行うよ」

井上が、切り返した。

井上と伊藤は、一緒に英国留学をした縁で非常に仲が良かった。

井上が刺客に襲われた際にも、伊藤は一番に駆けつけた。その時、伊藤は枕辺に涙をほろほろと落とし、井上は喋ることができないので、お前も危ないから一刻も早く帰れと手まねしたが、伊藤はなかなか枕許を離れようとしなかったと言われている。

「それは、その通りですな……。で、本日は、いかなる用で？」

井上が山田に話を始めるように肘で合図をした。訪問客の多さからして、いきなり本題に入った方がいいだろうという判断であろう。

「ええ、実は、旧薩摩藩の者が、わたしのところに一枚の写真を持ってきました」

山田が切り出した。

「写真？」

「わしが芸者と写っている写真なら山ほどあるから、心配せんでええぞ」

伊藤は余裕の表情で言った。

「残念ながら、写真に写っていたのは伊藤さんではなく、大次郎さんとその奥様でした」

「大次郎さん……。まさかあの大次郎さんか？」

伊藤の顔から血の気が引いていくのが分かった。

伊藤は突然席を立ち、応接室のドアを開け、廊下に誰もいないことを確かめた。

「お二人の写真に間違いありませんでした」

山田は、念を押した。

「あの方は、写真を残されておられたか……。そうか……。いや、それは困ったの……」

伊藤は二本の指で、何度も顎の下の髭をなぞった。

「その者は、どうやってその写真を手に入れたのか？」

「詳しいことは分かりませんが、あの波士頓《ボストン》での事件のことを報じた当地の新聞の切り抜きも持っておりました。それで、その被害者の日本人が大次郎さんではないかと疑っております」

「そこまで分かっておるのか？」

「残念ながら」

「……しかし、このことを知る者は、大久保さんと、森さんと、市さんとわしだけのはずなのだが……」

「おう、その森さんというのは、あの憲法公布の日に殺害された森有礼のことか？」

井上が、口を挟んだ。

「ええ」

「こいつは森から流れたな。あいつは本当に口が軽かったからのう」

「伊藤さん、結局のところ、この件は木戸さんには知らせなかったのでしょうか？」

山田は、井上の言葉を遮り、自分の聞きたかった質問を伊藤にぶつけた。

「使節団から帰国すると、征韓論を巡って政変が起こり、喧嘩別れをしていた大久保さんと木戸さんの間をとり持ったり、そうこうしているうちに西南戦争が勃発し、木戸さんとじっくりと話す機会がなかった。そしたら、知っての通り、木戸さんが突然亡くなられてしまったのだ」

伊藤は、いかにもばつが悪そうに応えた。

「そうですか……」

山田は、伊藤のこの言い方に、不信感をますます募らせた。

「市さんが木戸さんを慕う気持ちも分からんではないが、この国の基礎は、大久保さんと伊藤が作ったようなものだ。木戸さんの仁徳の高さは評価するが、しかし、仁徳だけでは政治はできない。もし、木戸さんがそのことを事前に知っていれば、どんな判断したか予想できないが、おそらくそれは、日本のためになるような判断ではなかったと思うぞ」

　再び、井上が二人の会話を割った。

「いや、井上さんにそう言っていただければ、わしも救われるというものです。正直言うと、あのことはずっとわしの胸を痛めておりましたから……」

「しかし、伊藤、まさか、あんたはその調所なるものが言うように、松陰先生を誰かに殺害させたことはないだろうな？」

「もちろんですよ……。いくらなんでも、わしがそんなことをするわけがなかろう」

　伊藤があわてて応えた。

「先生はわれわれを導いてくれた大恩人です。そんなこと、考えたくもありません……」

　山田も、付け加えた。

「市さん、道義的には、あなたが言う通りだ。しかし、わしは村塾の出身者じゃないから勝手なことを言うのじゃが、松陰先生をあまり神格化するのは危険なことだ。彼の主張は、自分の信じるもののために、ただ突っ走れというものだった。しかも、その信じたものが正しかったかと言えば、失礼ながら、大きな間違いであったと言わざるをえない。わしに言わせれば、松陰先生に関して唯一の評価できることは、『世界見物いたしたく候《そうろう》』と、密航を企てたことぐらいだ。そんなお方が、実はその異国で生きていたとは、如何にも皮肉な話だ。貧しい生活をなさっていたにせよ、実際に異国の地で生活をしておられたのならば、まさか、あんな尊王攘夷が正しかったとは言われんだろう」

「井上さんの推測の通り、先生は過去の自分の言動を頻《しき》りに反省なさっておられました。先生は純粋な方なのです」

「彼が表の年表で亡くなった時、この国にはもう思想家というものは必要なくなっていたのかもしれない。この国が必要としたのは、大久保さんや伊藤のような、清濁併せ持った実務家だった。言葉が過ぎるかもしれないが、西郷さんも木戸さんも、立派な思想家ではあったが、彼らの役割は戊辰戦争とともに終わっていた。歴史のうねりというものは、巨大な洗浄力を持って先に進んでいく。後戻りをすることは許されないし、過去は現在に洗い流されていく。松陰先生が維新の後にも生きていたというのは、この法則から反することになるのだ」

「井上さんが言われることも理解できないわけではありませんが、わたしたちにとって、先生は先生なのです」

　山田は執拗に食い下がった。松陰先生は、山田に人としての生き方を教えてくれた恩人であり、松陰先生がいなかったら、山田の人生は無いのも同然であった。

「今回の大津事件に関して、わしは市さんが、無期徒刑の判決を出させたうえで、自ら司法大臣を辞任したことを非常に評価しておる。もし、法治国家を目指すという理想論だけを優先するのなら、司法大臣は辞める必要は全くない。しかし、それでは露西亜政府に対して顔が立たない。国を治めるということはそういうものだ。政治家に与えられた任務は、人民の安全を守ることであって、あの京都府庁の前で自刃した女性のような行動を煽《あお》ることではない」

伊藤が、山田を諭すように言った。

「そうだ。松陰先生の思想というのは、国民全員が、あの烈女畠山勇子になれと言っているのと同じではないか」

井上も、伊藤の意見に同調した。

山田も二人が言わんとすることを理解できないわけではなかった。

松陰先生の思想を一口で言えば、単純になれということであった。目的が決まったなら、行動を起こせ、ということであった。確かに、国を治める者が猪突猛進《ちょとつもうしん》でしかなかったら、国民は幸福にはなれない。

あの時、大次郎さんも、コンプレクスを素直に認める勇気が重要だと言っていた。山田はもうじき五十になろうとしていたが、改めて自分の小ささと幼さを認めざるをえなかった。

「偶然にもあの方もおっしゃっておられたが、日本という国は本当に運のいい国だと思う。このほんの数十年の歴史を振り返ってみても、一歩間違えば、列強の属国になっていてもおかしくなかった局面はたくさんあった。亡くなった方々には申し訳ないが、敵も味方も含めて、彼ら全ての死がこの国を幸運な方角へと進めてくれたと考えるしかなかろう。多くの死を無駄にしないためにも、何があっても歴史を逆行させてはいかんのです……。これは、西南戦争を前に大久保さんがわしに言われた言葉だが……」

山田は、西南戦争前後の大久保の鬼の形相を思い出していた。

「わたしは、村塾では一番年下の塾生で、そのまま幕末の戦いへと進んでいきました。したがって、あのご一新の時には、先輩たちが対応されていた面倒なことを考えなくてもよかったのかもしれません。正直言って、今回の大津事件で始めて、純粋な理想論には危うさがあるということを学びました。しかし、だからと言って、大次郎さんの問題は違う問題だと思っております」

「維新のための思想など、何でもよかったのだ。日本という国の幸運なところは、幕府をつぶさなければいけない時に、突然尊王攘夷論が麻疹《はしか》のように現れ、そして幕府がつぶれたのが分かると、その麻疹は自然と治っておった。しかし、幕府がつぶれて初めて気がついたのだ。いったいわしたちの目指すものは何だったのか。そんな単純なことさえ、誰も考えておらなんだ……。徳川将軍家も、いや、おそれながら天皇家ですらも、本当の血筋なのかと言えば、誰も確信は持てぬだろう。しかし、今更、そんなことを掘り返しても、国民の生活は何も変わりはしない。我々、政治家にとって重要なことは、現在であり、この国の未来なのだ」

「いやはや、井上教授のおっしゃる通りですな。われわれは、幕府が潰れて途方にくれました」

伊藤は、勝利の笑みを浮かべた。井上はそこまで直接言わなかったが、その後の日本を導いてきたのは、自分でしかないということを言わんばかりであった。

「ところで、ひとつだけ教えてもらいたいのだが……」

井上の表情から、最も重要な質問を切り出そうとしているのが分かった。ここまでの議論も、井上の筋書き通りだったのかもしれない。

「何でしょうか？」

伊藤の表情は、いつもの余裕綽々《しゃくしゃく》の表情に戻っていた。

「あの『身はたとひ』の辞世の句は誰が作ったのか。高杉さんなのか？」

「あの歌を作ったのは、金子重之助です」

伊藤は、平然と答えた。

「松陰先生と一緒に黒船で密航を企てた、あの金子か？」

松陰先生の最初の弟子であった金子は、根っからの武士ではなかった。長州阿武《あぶ》郡紫村の農民の子で、父が萩城下で染物屋を開業した時、足軽の金子家の養子になっていた。その境遇は、ある意味、伊藤と酷似していた。

密航を企てた科《とが》で囚われた金子は、武士階級ではなかったので、松陰が入れられた野山獄ではなく、百姓牢である岩倉獄に幽閉されていた。岩倉獄は、無残な環境であり、金子は収監後ほどなく肺炎により死亡していることになっていた。

「そうです。わしは斬首の直後、高杉さんに誘われて遺骸を引き取りに行きました。その時に身代わりの話を初めて聞かされました。木戸さんもその時に同行していましたから、あの方に身代わりがいたことは、知っておられました」

「木戸さんも、そのことを御存知だったのですか？」

山田は思わず聞き返した。

「ああ、そのことが幕府に知れるのを恐れてか、あるいは、身代わりとなった金子への同情の念なのか、木戸さんは高杉さんのことを随分と罵倒《ばとう》なされた。使節団において、わしが木戸さんと話せなかったのは、もちろん、大久保さんとの政治的な確執が主な理由だったが、そもそも木戸さんは、高杉さんの考えた身代わり案に賛成ではなかったので、大次郎さんのことを相談しづらかったのじゃ」

「先ほども言ったが、まあ、木戸さんの件はよしとしようではないか。なお、市さん」

井上が、伊藤に話を進めるように促した。

「あの時期、長州藩はあの方の存在に怯えていたのです。幕府があの方を訊問すれば、純粋すぎるあの方は、長州藩が行っている全てのことを言い出すのではないかと……」

「松陰先生は、嘘を言うのが嫌いな人でしたからね」

「あの時期の長州は、実に様々な画策をしておったからな。あれが全部ばれたら、間違いなく藩は潰されていたな」

最盛期には中国地方十国と北九州の一部を領国に置いていた毛利家も、関ヶ原の戦いによって、領国を四分の一に減封された。その辛酸を舐めたことから、長州藩では江戸時代を通じて「倒幕」が極秘の「国是《こくぜ》」であり、新年拝賀の儀で家老が「倒幕の機はいかに」と藩主に伺いを立てると、藩主は毎年「時期尚早」と答えるのが習わしであった。

「お家の大事を心配した家老の周布《すふ》政ノ助さんが高杉さんに相談され、あの身がわり案が考え出された。高杉さんが金子のもとを訪れ、あの方の身代わりになってくれと願い出ると、自分のようなものが、あの方と長州藩を救えるのなら身に余る光栄であると、涙を流して快諾したそうだ」

「そりゃあ、金子の立場なら、喜んで引き受けるな。しかも、金子は松陰先生の最初の弟子であったし、先生の考え方を知り尽くしていたから、幕府の取り調べには、先生を装って簡単に解答することができる」

「金子はあの方と歳は一つしか違わなかったが、あの方より背が小さく、もちろん風貌もえらく違っておったが、江戸の白洲《しらす》の役人たちで、あの方の顔を直に知る者はいないので大丈夫だろうと……」

「長州には先生の姿を知る者も多かったので、大名行列のような行列を作らせて罪人を江戸まで運んだのか。当時の慣例に従えば、罪人は篭で運ぶことになっていたからな……。なるほど、派手なことが好きな高杉が考えそうなことだ」

井上は、拳を叩いた。

「しかし、先生はどうでしょうか。先生は身代わりを立てることをお許しにならないでしょう?」

「もちろん、あの方には、このことは伝えていなかっただろう」

「確かにそうでした。大次郎さんは、そんなことを全く知っている様子はありませんでした」

「あの方には、金子が獄死したと伝えてあったし、野山獄で獄死したと装って亜米利加に密航してくださいと高杉さんが説明すると、大変な喜びだったようです」

「そりゃあ、もともと、亜米利加に密航しようとしていたわけだからな、喜ばないわけがなかろう。さすがに高杉だ。あやつは、大胆に見えて緻密な計算もできるからな」

「そして、金子は最後まであの方の身代わりを全うした。死に顔を見ても、実に穏やかな顔をしていた。立派な最期を迎えたのだろう。ある意味、金子ほど、勤王の志士として立派に死んだ人間もおらんかもしれん。正直な話、わしは、あの方と紐育《ニューヨーク》で再会した時、知らぬこととはいえ、怒りを感じた。井上さんも、市さんも、立派な武士の家に生まれているから分からないかもしれないが、わしも武士の出身ではないので、金子のことが本当に哀れに思えた」

山田は、妻の名を叫んで死んでいった大次郎さんの姿を思い出していた。

三人の間に沈黙が続いた。

伊藤との間に、いまだに消し去ることができない深い溝があることを、山田は再認識した。

「……しかし、高杉の計算が狂ったのは、予想外に金子に文才があったことだな。わしなど、あの『親思う心にまさる親心』の歌を聞いて、涙がとめどなく出たものだ」

井上が、静寂を破った。

「高杉さんも、金子の作った辞世の句にえらく感動し、真なる志士の亡骸をもう一度取り戻そうと、文久三年の正月に小塚原に出かけた。そして、知っての通り、小塚原から取り出した亡骸は長州藩の別荘があった世田谷村若林の大天山に移して厚く祀った。高杉さんもわしも、あれはあの方の亡骸を取り返しに行ったのではない。勤皇の志士であった金子重之助の亡骸を葬るためであったのだ」

「あれは、そう意味だったのか。高杉が裃《かみしも》まで着けて出かけたと聞いて、わしはてっきり幕府を揺さぶる作戦だと思っていたよ」

「いいえ、高杉さんは、金子の作った歌に感動して、ああいう行動をとったのです。しかも高杉さんは、息子さんが作った辞世の句だと、金子の両親に内密にあの句を渡したそうです」

――親思う心にまさる親心、けうのおとずれ何と聞くらん――


「それで、両親は何と？」

「重之助は日本一の孝行息子だと、涙を流して喜ばれたそうです」

伊藤は、言葉を詰まらせていた。

山田も井上も、金子のあまりの哀れさを考えると言葉を失った。


「ところで、松陰先生の密航は誰が手伝った。まさか、あの貞次郎じゃなかろうな？」

「その通りです」

「いやそれは、先生もご苦労なさったはずだ」

井上は笑い出した。

「貞次郎とは？」

山田が聞いた。

「周布さんが懇意にしていた大黒屋の番頭だ。確かに男気があって立派な考えを持った人物ではあったが、とにかく仕事が粗い。わしら五人が英吉利《イギリス》に留学した時も、彼がその仲介の手続きをしたものだから、手違いが多く、わしらは船員としてこき使われた。なあ、伊藤」

「そうでしたね。それでもわれわれの時は、五人で何とか助け合うこともできましたが、あの方は一人で対処したと考えますと、さぞかし大変だったと思います……。しかし、井上さん、あの苦労があったからこそ、役に立っているとは思いませんか？」

文久三年（一八六三年）に、伊藤は、井上馨・遠藤謹助《きんすけ》・山尾庸三《ようぞう》・野村弥吉らと共に長州五傑の一人として英吉利に渡航する。貧乏だった伊藤の荷物は、文久二年に発行されたばかりの間違いだらけの『英和対訳袖珍辞書』一冊と寝巻だけであった。

「誠にその通りだな。わしらのように西洋人の最下流の生活を経験をした者でないと、西洋の長所もまた短所も客観的に知ることはできまい……」

この後、二人は英吉利留学時代の昔話に花を咲かせ、維新後に行った数々の功績の自画自賛を始めた。

一人蚊帳の外に置かれた山田は、この雑草のような二人の強さと迫力に改めて圧倒されていた。

「……と言うことで、先ほどの件は、こちらの親子でケリをつけますゆえ、伊藤枢密院議長におかれましては、何卒ご心配なく」

「親子？」

「ええ、市さんの奥方は、わたしの養女でして」

ところが、あの夜の告白以来、龍子は山田に口をきいてくれなかった。

「おう、そうでしたな。それでは、この件は井上親子にお任せいたしました」

伊藤はその細い目をさらに細めて、安堵の表情を作った。

二人は井上の馬車に同乗し、伊藤邸を後にした。


「あの件は、どのように？」

山田が、井上に聞いた。

「市さんは、どう思われた？」

井上の質問が、大次郎さんの殺害が伊藤の関与によるものなのか否かの感触を尋ねているものだと、山田はすぐに悟った。

「あの当時の、条約改正の動きの中で、大久保さんと木戸さんとの微妙な関係を考えれば、伊藤さんにとって、大次郎さんの存在は邪魔だったのかもしれません。しかも、伊藤さんが、あれほど金子重之助の境遇に同情していたことも初めて知りました……」

「それでは、伊藤の仕業だと市さんは考えているということか？」

「そこまで断定することはできませんが……」

「伊藤は、あんな風に豪放磊落《ごうほうらいらく》に見えて、恨み深い面も持っておる。特に、身分の差に関しては、相当の恨みを持っていた。英吉利に一緒に留学していた時も、いつもその話をしていた。そこが、伊藤が高杉にはなれないところだ。もっとも、今となっては、それが平等な国を作ろうとする伊藤の原動力になっているわけだが……」

「それは分かります。ところで、井上さんのご意見は？」

「わしの見立てによれば、あれは間違いなく伊藤がやったことだな。わしは今日の伊藤の会話を注意深く聞いていたが、伊藤は松陰先生のことを、『あの方』と呼び、一度も松陰先生という言い方をしなかった。ああいう言い方をするのは、何か隠したいことがあるからに違いない。しかも、今から思えば、木戸はこのことを全部知っていたな。使節団から帰ってきた木戸は、人が変わったように伊藤のことを気嫌いした。温厚だけが取り柄だった木戸があれだけ豹変したのだから、それなりのことがあったに違いなかろう」

思い起こせば、伊藤は終始『あの方』という距離の置いた言い方をしていたし、木戸が最後に山田に言った忠告の意味が、今になって分かるような気がした。

「それと、これは大変言いづらいことなんだが……」

井上が、言葉を濁らせた。

「何でしょうか？」

「わしは、伊藤が最初に内閣を作った時、大臣の顔ぶれを見て、驚いた人物が二人いた」

「それは、誰でしょうか？」

「一人は、森有礼だ。在野の仕事をしていた森を、どうして伊藤が文部大臣に指名したのか驚いた」

「それは、そうでしたね」

「それと、もう一人は、市さん、あなただ」

「わたくしでしょうか？」

「いや、あなたの能力の云々《うんぬん》を言っているのではない。誤解しないでくれ。当時、あなたは憲法の草案の作成につき、伊藤と激しく対立していた。そんなあなたを、よりによって司法大臣に指名したことは、森が文部大臣になったことより、誰もが驚いていたのだ」

「そうでしたか。誰もそんなことをわたしに伝えてくれませんでしたので、わたしはてっきり、伊藤さんが憲法を作成するにあたり、色々な立場の意見を聞こうとなさったのだとばかり思っておりました……」

「今日の伊藤の話を聞いてその謎が解けた。伊藤は、大次郎さんのことを知っているのは、自分と大久保さんを除けば、森と市さんだけだと言ったな……」

「要するに、わたしと森さんが、大臣になれたのは、口封じのためだったと、おっしゃりたいのですか？」

「申し訳ないが、正直言って、わしはそう思った」

「しかし、紐育《ニューヨーク》以来、わたしは伊藤さんと大次郎さんのことを話したこともありませんし、ましてや、大臣就任について、いかなる条件も提示されたこともありません」

「酷な言い方になるが、あれだけ色んなことに気が回る伊藤のことだ。昨日の味方が今日の敵となっている政界の姿を見て、どうしても、市さんや森には味方、少なくとも、いつでも願いごとができる距離にいてほしかったのだろう。最初の内閣における大臣の席を渡そうと思うほど、伊藤はこのことに脅えていたのだ」

山田の体中の血液が逆流しているのが分かった。

日本における初代司法大臣という肩書は、山田にとって最も誇れる栄光であった。

小さなナポレオンの誇りが、今、音を出して崩れようとしていた。

「いずれにしても、それもこれも単なる推測にすぎん。しかし、ここで重要なことは、わしら二人がそう思ったように、もしその写真が世の中に出て、いくつかの裏の情報も表に出た時、誰もが伊藤を疑うということだ。今の日本の状況を考えてみてくれ。ここで伊藤が窮地に立ったら、わしらはどうなる。『長州閥の結束を高めよう』などとは言いたくはないが、伊藤が政府の中央でがんばっておることで、わしらは便益を受けていることも事実だ。また、わしのような不純な人間が言うのも何だが、戊辰戦争や西南戦争で亡くなった英霊たちの死を無駄にしないためにも、この問題はわしら親子で解決するしかなかろう」

「どうやって解決するとおっしゃるのですか？」

「向こうは金を要求しているのだな？」

「はい、二千円であの写真と新聞の切り抜きを買えと言っています」

「市さん、金で済むことなら、安いものではないか」

「……しかし、写真は一枚だけではないかもしれません」

「そうだな。しかし、その場合には、また買うしかなかろうのう……」

西郷さんから「三井の番頭さん」と揶揄された井上は、馬車の軋む音にも負けないくらいの大きな声で笑い続けていた。その声は、伊藤よりも大きいと感じられた。

二十七

「伯爵様、いやこれで、全てが丸く収まります」

大河内は、二段頭をテーブルに擦り付けんばかりであった。

隣の調所は、苦虫を噛み潰したような顔をしていた。

「本日は、あの威勢のよろしい奥様の姿をお見受けいたしませんでしたが……」

「家内は、所用で外出しておる」

実際のところ、山田は龍子の所在を知らなかった。

「そうでございましたか。最後に奥様にもお礼を申し上げようと思っておりましたから、残念でございます」

大河内は、満面の笑みをこぼした。それは、形ばかりの笑顔ではないのだろう。きっと山田が用意した二千円のうち千円は、大河内が仲介料としてもっていくのだろう。山田にはそういう相場感はなかったが、大河内の喜ぶ姿を見ていると、ひょっとすると、千円どころではないのかもしれない。しかしそれ以上は、彼の興味のあるところではなかった。

「それでは、一応、写真と新聞の切り抜きを預かろう」

あれだけ人の神経を逆なですることに雄弁であった調所も、今日は何の言葉も発せず、山田の要求するものを素直に差し出した。

写真の中の大次郎さんとマリアは、こちらに向かって微笑している。

山田は、この写真を伊藤に見せるのはよくないと思ったし、金子の両親が見たら、どう思うだろうと考えていた。

「この件は、伊藤議長とも相談なさったのでしょうね？」

大河内が言った。

「いいや、わしの独断で決めた」

「相談しようにも、伊藤議長は遊郭におられて、会えなかったということはないですよね。『英雄色を好む』というのは、誠に名言でございますな」

「……これだけは、はっきりと言っておきたいのだが、この写真のお方は、松陰先生ではない。確かに、多少似ているところもあり、弟子としては愉快ではないので、処分させてもらうだけのことだ。また、お二人はこれを何かと伊藤議長と結びつけたいとお考えだろうが、このことは伊藤議長とは全く関係のないことである」

「ええ、そうでございましょうよ。わたくしも他人の空似だと調所に言っておりました。まさか、あの、松陰先生が生きていらっしゃるとは……。しかし、西郷さんが生きているという噂だけで、大国露西亜の皇太子を切り付ける巡査も現れるくらいですので、政治家としては、そういう疑いが立つだけでもよくはありませんな。新聞記者というのは、有ること無いことをおもしろおかしく書くことを生業としておりますから……」

「大河内どののおっしゃる通りです。従って、このことは口外なさらぬように願いたい」

「もちろんでございます。そのことは、この大河内が命に懸けて守ります。そうでなければ、折角の伯爵様のお気持ちが無駄になってしまいます……。それでは恐縮ですが、お約束のものを……」

山田は、拾円札の束を二人の前に差し出した。

山田は固辞したが、このうちの百枚は、貴方だけに恰好いい思いはさせないと、井上から渡されたものであった。


大河内は、二本の指に充分過ぎる唾をつけ、拾円札を数え始めた。

調所は、ただ下を向いていた。

「調所君、これからは奥様の看病と御子息の教育に精進してくだされよ」

山田が言った。

調所の体の筋肉が、僅かに硬直したように見えた。

「ええ、その通りでございます。これで、調所の細君は良い病院に入ることができますし、三人の男の子も勉学に励むことができます。何と申しましても、今の世の中、家柄より学問が身を助けますからな……」

大河内が、札を数えながら、代わりに答えた。

「大河内さん、やっぱり、わたしは……」

調所が、突然、何かを言い出そうとしていた。

「お前は、この場に及んで何を言い出すのだ」

大河内は札を数える手を休め、調所を睨んだ。その眼にはすさまじい迫力があった。


「君は、どうして、この写真をわたしのところに持ってきたんだ？」

山田が聞いた。

「伯爵様、この男は、細君の看病に疲れ、おかしくなっておるのです」

大河内が、再び口を挟んだ。

「心配されるな、大河内どの。徳川幕府が亡くなって、何の因果か、気がついてみると、こんな小さな体のわたしが金を貰える立場になっておった。どこかで歯車の一つでも狂っておれば、わしの方が金に困る立場になっていたかもしれない。それは努力とか信念とかという問題ではなく、単なる運の差でしかない。運でもらった金は社会に戻さなければいけない……」

「わたくしは、決して、そんなつもりで……」

大河内は、持っていた手拭いで、二段頭の溜まった汗を拭いた。

「……あの写真は、亜米利加に留学していた亡き兄が、日本にいる家族に渡して欲しいと、あの写真に写っていた女性から預かったものです。旦那さんの名前は、SHOUIN TORA YOSHIDA と言い、ITO と YAMADA という日本人の友人が訪ねてきたことがあったと話していたそうです」

調所が、堰を切ったように話し出した。

「結局のところ、君には兄上はいたのか？」

「……申し訳ありません。兄がいたことだけは、事実でした」

「調所よ。松陰先生のお弟子様である伯爵様が、松陰先生でないとおっしゃるのだから、この方は松陰先生ではないのだ」

大河内が、耳まで紅潮させて言った。

「……こういう形でお金を頂くのは、兄の遺志に反しておりますし、伯爵どのには……」

調所は下を向いて、再び言葉を詰まらせた。

「調所君、気になさるな。この金は社会に戻すべき金なのだ」

「申し訳ございません」

調所は、素直に頭を下げた。

「そうだぞ、調所。伯爵様のお気持ちを忘れるではないぞ」

札の枚数を数え終わった大河内は、そそくさと調所に帰ることを促した。

調所の左右不対称の目に光るものがあるのを、山田は見逃さなかった。

二十八

政界復帰を虎視眈々と狙っていた山田であったが、考えるところがあり、栗塚を私邸に呼び、萩から取り寄せた山海の珍味でもてなしていた。

こんな時にはいつでも、龍子があれこれと口を挟んできたものだが、その姿が見えなかったので、栗塚はこの白亜の御殿に漂う不穏な空気を感じ取っていた。

「長い間世話になったが、わしは政界に戻ることを諦めて、今後は日本法律学校の仕事に専念しようと思っておる」

「そんなことをおっしゃらないでください。司法省の者たちも悲しみます。もうじき、新しい庁舎も完成することですから……」

「大臣を辞職してから、色々と考えたのだが、わしが得意とすることは、ひかれた線路の上を、いかに速く安全に汽車を走らせることじゃった。しかし、政治家としてより重要な仕事は、どうやって、また、どこに線路を敷くかだろう。わしは政治家にも、また、思想家にも向いておらん。こんなわしでもできることと言えば、松陰先生を見習って、次代の政治家を育てることかもしれないと思うようになってな……」

山田の言葉には覇気を感じなかったが、その悟りに満ちた表情を見ると、栗塚はそれ以上、言葉を挟むことができなかった。

＊　＊　＊

井上馨が、そして奇しくも大次郎さんも指摘していたように、幸運な航路を進んできた日本丸は、その幸運が故に、次第に我儘《わがまま》になっていたのかもしれない。

その証拠に、山田が国政を離れることを決断したとたん、日本丸は冷酷な仕打ちを山田に用意した。

大津事件の翌年の明治二十五年（一八九二年）十一月十一日、小さなナポレオンは突然の卒倒により、永眠することとなった。

多くの戦禍をくぐり抜け、日本の司法制度の礎を築いてきたこの男に対しても、日本丸は無用と判断すれば、簡単に切り捨ててしまった。


「見ての通り、体は小さな男でしたが、主人ほど大きな男はいませんでした」

妻の龍子はたくさんの弔問客に向かって、気丈に振る舞った。

小さなナポレオンが最期に残した言葉は、尊敬する大次郎さんに倣ってか、

「龍子……すまなんだ」

で、あった。

葬儀が終わると、龍子は喪服のままで、栗塚秘書官を呼び止めた。

「奥様、あれは決して大臣の意思ではありませんでした」

喪服の栗塚の髪の毛は、いつもに増してチックで塗り固められていた。

「分かっておりますよ。わたくしに子供ができないことを心配して、井上のお義父様あたりが、けしかけたのでしょう」

「はあ……」

「でも、わたくしは許しませんよ。この国の男どもがそんな考えだから、不平等条約の改正もできないのです」

「ごもっともな意見です」

龍子は、悔し涙を流した。

山田と妾の間に子がいたという事実もさることながら、そのことを長い間龍子に伝えなかった山田のことが許せなかった。龍子を騙し続けた井上も栗塚も許せなかった。

しかし、初七日が過ぎると、龍子は、六歳になっていた山田と妾の間に産まれた梅子を引き取り自ら教育したいと、栗塚に伝えた。

半信半疑の栗塚に対して、

「わたくしの方が背丈が大きいので、わたくしの方が度量も大きいということでしょう」

と、白い歯を見せた。

成人した梅子は、会津松平家・松平容保の三男である英夫と結婚する。戊辰戦争で激しく戦った会津松平家との婚礼は、さぞかし山田も喜ぶことだろうと、小さなナポレオンより頭一つ大きな龍子は大いに喜んだ。

一方、大久保利通とともに、西郷隆盛らの征韓論と戦った伊藤博文は、その後も日本丸から必要とされ、さらに三回にわたり内閣総理大臣を務め、歴史の表舞台に立ち続けた。

しかし、明治四十二年（一九〇九年）十月二十六日、朝鮮独立運動家にハルピンで暗殺された。我儘になった日本丸は、伊藤が韓国併合には反対の立場であったにもかかわらず、しかも、暗殺という皮肉な最期を、この戦争嫌いの男に用意していたのであった。

幸運な航路を進んできた日本丸であったが、その後、金子重之助が作った辞世の句（大次郎が生きていたなら否定したであろう）をかけ声にして、多くの不幸な戦いの中に突き進んでいく。偶然だったのか必然だったのか、大津事件で一命を取り留めたニコライ二世が皇帝となった露西亜帝国とも一戦を交えることとなる。

後の人々は、荒れ狂う大海の中で日本丸の進んでいった航跡をどのような物語として伝えていくのだろうか？

（了）

〈参考文献〉

『特命全権大使米欧回覧実記』①〜⑤　久米邦武・水澤周訳注（慶応義塾大学出版会）
『岩倉使節団誇り高き男たちの物語』泉三郎（祥伝社黄金文庫）
『堂々たる日本人―知られざる岩倉使節団―』泉三郎（祥伝社黄金文庫）
『日本巨人伝山田顕義』佐藤三武朗（講談社）
『世に棲む日日』司馬遼太郎（文春文庫）
『花神』司馬遼太郎（新潮文庫）
『ビジュアルワイド明治時代館』（小学館）
『ビジュアル明治クロニクル』（世界文化社）
『明治の宰相』伊藤雅人・前坂俊之（河出書房新書）
『明治裏面史』上巻・下巻　伊藤痴遊（国書刊行会）
『もういちど読む山川日本近代史』鳥海靖（山川出版社）
『博物館明治村ガイドブック』

〈インターネットサイト〉

国立公文書館　アジア歴史資料センター「インターネット特別展　公文書に見る岩倉使節団」

日本大学ホームページ「学祖　山田顕義」

あとがき

この小説の中心人物は、私が子供の頃から愛し続けた吉田松陰です。

しかし、私の尊敬する司馬遼太郎は、松陰のことを好きではないと公言しています。

例えば、小説『世に棲む日日』（文春文庫）の文庫版のあとがきには、「私は、幕末の人間を見ることに熱中してきたような感じがあるが、しかし、この作品を書きはじめる（昭和四十三、四年ごろだったか）までは松陰について触れることは一度もなかった」と書いています。司馬は、戦前の国家主義的な教育が、松陰の名を利用し、彼を国家主義者そのものであるかのように扱っていたと考え、このような否定的な記述をしているようです。

確かに、松陰死後の歴史を見ると、松陰の弟子たち、特に伊藤博文は、現実に目をつぶった彼の革命的思想を否定することによって、維新後の国家を作りあげることに成功しています。そして、日露戦争から大東亜戦争の敗戦まで（司馬は「連続性をもたない時代」と呼びます）、再び松陰的な思想が意図的に持ち出され、日本という国が間違った方向に導かれていきました。そのような動きを中心的に扇動したのは、山縣有朋を祖とする長州軍閥たちであったのです。美しい連続性を持つ日本の歴史のなかで、松陰的な思想は、司馬が嫌うように、異彩を放っていたのかもしれません。

しかし、私が、司馬作品に限らず多くの歴史小説を読んで学んだことは、歴史とは人間によって作られるものであって、その歴史を作る人間は、一〇〇％完璧な聖人もいなければ、一〇〇％の悪人もいないということです。人間はどこまでいっても不完全な存在で、だからこそ、歴史は常に予想外な結末を用意し、わずかばかりの油断であっても、天下国家をも動かす力となりうるのです。

革命家としての松陰の評価は分かれるところでしょうが、熱血教師としての松陰は、愛すべき人物であったのではないでしょうか。萩の町を訪れ、松陰の直筆の書を見て、私はそのことを確信しました。もし、彼の書いた文字が達筆ならば、違った感想を持ったかもしれませんが、右肩上がりで小さな字は、几帳面でも健筆でもなく、不器用で世渡りが下手で、それでいて身体から溢れてくるエネルギーの全てを紙面に叩きつけているように感じました。

司馬も、松陰の人間性には魅力を感じていたと思います。前述の『あとがき』にも、以下のように書いています。

「いまでも松陰をかつぐ人があったりすればぞっとするし、今後、そういう人間や勢力は出ないとは思うが、もし存在するとすればどうにもやりきれない。松陰自身、かれに霊があるとすれば、むろんたれよりもはげしくそうおもっているのではないか。」

今から考えてみれば、私が今回の小説を通じてやりたかったことは、彼の霊を黄泉の国より呼び寄せて、謝罪すべきは謝罪させたうえで、彼をかついだ人々に文句を言わせたかったのかもしれません。それが、少年の頃の私の悩みを解消してくれた松陰先生への恩返しと考えたのかもしれません。

この小説の語り部として、山田顕義を選んだのも、彼が山縣有朋のライバルであったことが影響していたと思います。正直なところ、松下村塾出身で、初代司法大臣、日本法律学校（後の日本大学）の創設者である山田は、歴史上そんなに有名ではありませんが、彼の業績を調べていくにつけ、その小さな巨人（実際、彼の背丈は低かった）の偉大さを知ることができたのは、この小説を執筆した副産物とも言えます。

司馬がデビュー前、柳行李一杯の没原稿を貯め込んでいたと聞きますが、私の没原稿も相当の数となっています。そんな中、この小説が、第十六回歴史浪漫文学賞大賞を受賞できたことは、望外の喜びとしか言いようがありません。

受賞させていただいた後になって悩むのも変な話ではありますが、そもそも賞の対象である「歴史浪漫文学」とはいかなるものであったのでしょうか？　歴史文学とは、歴史上の事実や人物を題材に、あくまで事実を背景に書かれた文学を指すものだと思われますので、この小説は、歴史文学のカテゴリーには入りません。読者の方々はお分かりだと思いますが、この小説は、死亡した大次郎さんが実は生きていた、という歴史文学の掟を破っているからです。それでは、浪漫文学とは何でしょうか？

夏目漱石が『文学論』のなかで、「取材の写実にして表現の浪漫なるものあり」と言うように、浪漫文学とは、主情的ないし理想的にものごとを捉えた文学と言えます。

大次郎さん（松陰）が生きていて、彼の口から過去の謝罪をして欲しかったというのは、松陰ファンである私の主情的な願いです。そして、もし、彼に本当にそのような機会が与えられていたならば、彼は誠意をもって謝罪をしたと思うし、そうなれば、司馬の言う「連続性をもたない時代」も存在しなかったのではないか、あるいは、このような虚構を伝えることに何かしらの意味があるのでないかと考えました。それは、私の個人的な浪漫にしか過ぎませんが、この小説はぎりぎりのところで、浪漫文学の末席に入れていただけたのかもしれません。

そう言う意味において、この度、私が受賞させていただいたのは、歴史浪漫文学賞ではなく、歴史・浪漫文学賞だったと、自分なりの勝手な解釈をしているところです。

なお、末筆ではありますが、この小説を選んでいただき、私の悪筆に最後までつきあっていただいた郁朋社の佐藤社長、小説のイロハから教えていただいた小嵐九八郎先生、作品に叱咤激励をしてくれた朝日カルチャーセンターの学友の皆様、小説を書くという私の法螺話を冷やかしながらも応援してくれた友人たち、そして、そんな法螺話を陰に日向に支えてくれた家族に、心からの感謝の気持ちをここに示したいと思います。

平成二十八年五月五日

筆　者

【著者プロフィール】

逸見　鵜映（へんみ　うえい）

1963年生まれ、富山県出身。
慶應義塾大学経済学部、筑波大学大学院卒。公認会計士。
私立大学教授として、会計学及び租税法を教える。

世界見物《せかいけんぶつ》いたしたく候《そうろう》　―松陰《しょういん》と山田顕義《やまだあきよし》―

2016年7月27日　第1刷発行

著　者 ― 逸見《へんみ》　鵜映《うえい》

発行者 ― 佐藤　聡

発行所 ― 株式会社 郁朋社《いくほうしゃ》

〒101-0061　東京都千代田区三崎町2-20-4
電　話　03（3234）8923（代表）
ＦＡＸ　03（3234）3948
振　替　00160-5-100328

印刷・製本 ― 日本ハイコム株式会社

装　画 ― 逸見　奈歩

装　丁 ― 根本　比奈子

落丁、乱丁本はお取り替え致します。

郁朋社ホームページアドレス　http://www.ikuhousha.com
この本に関するご意見・ご感想をメールでお寄せいただく際は、
comment@ikuhousha.com までお願い致します。

 ISBN978-4-87302-626-8 C0093